[法]莱蒂西娅·科隆巴尼 著
张洁 译

辫子

**LA
TRESSE**

人民文学出版社

著作权合同登记号　图字 01-2018-3328

LA TRESSE by Laetitia Colombani
© Editions Grasset & Fasquelle,2017
Current Chinese translation rights arranged through
Divas International,Paris
Simplified Chinese translation copyright © People's
Literature Publishing House,2018
All rights reserved

图书在版编目(CIP)数据

辫子/(法)莱蒂西娅·科隆巴尼著;张洁译.—北京:人民文学出版社,2018
ISBN 978-7-02-014266-8
Ⅰ.①辫… Ⅱ.①莱…②张… Ⅲ.①长篇小说—法国—现代 Ⅳ.①I565.45

中国版本图书馆 CIP 数据核字(2018)第 093593 号

责任编辑　刘　彦
装帧设计　李思安
责任印制　徐　冉

出版发行　人民文学出版社
社　　址　北京市朝内大街 166 号
邮政编码　100705
网　　址　http://www.rw-cn.com

印　　刷　三河市航远印刷有限公司
经　　销　全国新华书店等

字　　数　113 千字
开　　本　787 毫米×1092 毫米　1/32
印　　张　8.125　插页 1
印　　数　1—8000
版　　次　2019 年 1 月北京第 1 版
印　　次　2019 年 1 月第 1 次印刷

书　　号　978-7-02-014266-8
定　　价　48.00 元

如有印装质量问题,请与本社图书销售中心调换。电话:010-65233595

献　　给

奥利维亚

及所有勇敢的女性

【辫子】

名 三股头发交叉编成的集合体。

西茉纳,有个大神秘
在你头发的林里。

——雷米·德·古尔蒙①

自由女人与轻浮女人正好相反。

——波伏瓦

---

① 雷米·德·古尔蒙(1858—1915),法国作家,象征主义后期的领袖。引文摘自古尔蒙的诗《发》,戴望舒译。

这个春天,发生过的,
和正在发生的……(代序)

一

1949年《第二性》出版时,西蒙娜·德·波伏瓦曾乐观地表示:"希望这本书能尽快过时,女性处境能好起来,不再是第二性。"1967年,波伏瓦接受加拿大广播电台采访时说:"我认为从总体上看,对今天的女性来说,情况一点都不好,我甚至认为情况比我当初写《第二性》的时候还要糟糕,因为当我写《第二性》的时候,我抱着一个热切的希望,希望女性状况即将产生深刻的变化,这也是我在书的最后所说的,我说'我希望这本书有朝一日会过时',不幸的是这本书根本没有过时。"

近七十年过去,我们悲哀地发现:这本书依然且远没有过时。

2017年11月2日,世界经济论坛发布《2017年全球性别差距报告》,拉响了令人不安的警报:全球男女平等状况十年来首次出现倒退! 2017年全球已消灭性别差异的比例是68%,低于2016年的68.3%和2015年的68.1%。女性受教育程度、健康与生存、经济机会、政治赋权这四大指标首次出现下滑。"报告估算……按照目前的进展速度,世界需要再花一百年实现完全的男女平等。若单看职场的性别平等,则要再等二百一十七年。"

二

春节过后,《辫子》的译者张洁和编辑刘彦找我给中文版写序,我当时手上正在赶法国第三波女权运动旗手安托瓦内特·福克的"女性学"代表作《两性》的译稿。前一本书看得很快,后一本书译得很慢,两本书长长短短的句子像不同节奏的鼓点在我心房上不停地击打。赶巧的是,今年三月,由众多法语国家联合组织的第二十三届法语活动月的主题是法语国家的女性,"我要我的自由",通过多种形式向法语国家和地区的女性致敬。

但往往越忙,事情越多,我反而越懒散,越拖拉,越觉得世界虚妄,纷乱的思绪像披头散发,要拿梳子使劲梳顺了,分成三股编成辫子扎起来,才渐渐有一个轮廓、一个方向。辫子于是成了一个很好的隐喻,写作就是"一场怪诞的指尖芭蕾"。孤独中,过去、现在、将来,"她"的故事、"你"的故事、"我"的故事缠绕在一起,词语和句子像发丝、像棉线,在时光唧唧的机杼上编织出"活泼泼的衣裳"。

我对外国人的名字向来没什么印象(说白了是总记不住),所以一直到我看了几十页,三个来自不同大洲的女人的故事像三股分好的头发铺陈开来,我才忽然意识到这种多视角分镜头脚本般简洁明晰的叙事风格有点眼熟:被"处女作"这个青涩的作家标签遮盖的原来是拍摄过《天使爱过界》(A la folie... pas du tout)、《明星和我》(Mes stars et moi)等热映影片的法国成熟编剧和导演莱蒂西娅·科隆巴尼。

三

"三个女人,三种生活,三个大洲,同一种对自由的渴望。"这是印在《辫子》巴黎地铁宣传海报上的一句话。右下角还有一行小字:"一本值得全球女性阅读的处女作。"的确,《辫子》故事情节设计非常全球化而且政治正确:印度女人的头发,经过意大利女人制作成假发,戴在了接受癌症化疗的加拿大女人的头上。同一个时代,迥异的三种命运,却拧成了同一股对自由、对主宰自身命运的不懈追求。难怪《辫子》一书的电子文档出来二十四小时内便有两个语种报价,在格拉塞出版社正式发行两周前就已经有十六个国家联系购买了翻译版权。

斯密塔是"达利特",每天从早到晚干着徒手掏粪的工作。在印度,成百上千万像斯密塔这样的人被圈在城镇、社会和人道的边缘地带。他们是被隔离的贱民,被认为是肮脏的、绝对不可接触的一个孤立群体。这是传统,是祖祖辈辈谁都跳不出的轮回。但斯密塔不甘心,她不要六岁的女儿拉丽塔跟着她掏粪,她希望女儿读书,拥有健康的身体,"活得更好、更久,而且受人尊敬"。然而她费尽心机安排了女儿上学,却在开学的第一天,她的梦想就破碎了,女儿在学校受到了贾特人和婆罗门的殴打和羞辱,她决定带着女儿逃离。

但逃离是有风险的:"一个邻居家的女儿,和她一样是达利特,决定离开村子去城里读书。贾特人在她穿过田野逃跑时逮住了她。他们将她拖到一片无人的荒地,八个人把她轮奸了整整两天。"这家人向村委会报了案,但委员会掌握在贾特人手里。委员会的每一项决定都具有法律效力,即使它本身背离了印度宪法。"委员会本想用几个钱来换得他们撤诉,但是年轻女子拒绝接受这笔耻辱的钱。她的父亲一开始也支持她,可最终顶不住整个村子的压力,愤而自杀,留下了一个毫无经济来源的家庭,还让他的妻子变成了晦气的寡妇。她和孩子们被赶出了村子,被迫离家,最终落得个倒在路边的排水沟里的悲惨下场。"

斯密塔知道这个故事,逃跑会遭到残酷报复,她们可能被抓回来,遭到蹂躏,最后吊死在树上。她还知道在这里,在这个国家,女人完全得不到任何尊重,更何况还是个卑微的贱民。惩罚一个欠债不还的男人的方法,就是强奸他的妻子。惩罚一个与已婚妇女有染的男人,就去强奸他的姐妹。强奸成了一个杀伤力极强的武器,斯密塔听过一组令她毛骨悚然的数据:每年印度都有两百万女人被谋杀,这两百万替罪羔羊在世人的冷漠中无声无息地死去。

但她还是下决心逃跑,带女儿到蒂鲁帕蒂的圣山去朝拜。富有的人可以献上粮食、鲜花、金银和珠宝,而穷苦人只能把他们唯一的财产献给文卡特斯瓦拉神:一头秀发。剃头之后,斯密塔拉着女儿的手离开,她坚信毗湿奴会信守承诺,她们将改变命运,她的女儿会迎来一个比她好得多的人生。

朱丽娅是西西里岛上一家百年假发厂厂长的女儿,她高中毕业就选择在父亲的厂里干活,做这行不仅仅是为了传承手艺,更多是出于对头发的热爱。偶然的机会,腼腆内秀的她结识了从克什米尔地区逃难来意大利的锡克教徒卡玛。"尽管官方给了他正式的身份,但这个国家还没有完全接受他。西西里社会一直与这些移民保持距离。这两个世界近在咫尺,却互不往来。"因为种族差异,他们只能在无人的海滩幽会,偷尝爱情的秘果。

一场车祸打乱了朱丽娅简单的生活,父亲被送进医院,一直昏迷不醒。她从父亲办公室抽屉里的文件上得知工厂濒临倒闭的真相,因为缺少"货源"——制作假发的真发。卡玛给她出了一个主意:从印度进口头发。年仅二十岁的朱丽娅于是承担起拯救工厂的重任,为了不让工厂关门、女工们领一点微薄的遣散费走人。通过卡玛,她和一个印度金奈的商人取得了联系,他做的是在印度全国和寺庙收购头发的生意。在寻找货源和新商机的同时,朱丽娅也为自己的爱情找到了正大光明的出路:原本卡玛只是她的秘密情人,现在他成了她的盟友和知己,他们将携手走向未来。

萨拉是加拿大蒙特利尔一家律师事务所的合伙人,四十岁,离异,有三个漂亮的孩子、精致的妆容、高级定制的套装、一栋位于富人区的房子、一份让很多人艳羡的工作。光鲜的外表、无懈可击的履历背后是她作为职场妈妈的负罪感,陪孩子的时间太少,工作的压力又太大,她尽量掩饰自己内心的伤口,就像刻意跟同事隐瞒自己生病。但事实终归是事实,就像一堵出现裂缝的墙终有一天会坍塌。萨拉在法庭上晕倒,查出患了乳腺癌。但她决定要战斗:"这是一场持久战,一场精神战,一连串希望、怀疑以及其他让她觉得自己被打败了的情绪。无论如何都要挺住。萨拉知道,这种战斗要靠耐力取胜。"但事务所的同事得知她患病后都纷纷疏远她,连续几周不告诉她有约会,不邀请她参加会议,不把案子交给她,不给她介绍客户……她被"遗忘"了,或者说被"歧视"了。"在这个崇尚年轻和活力的社会,病人和弱者是无法拥有一席之地的。"比化疗、恶心、掉头发更可怕的是,癌症成了她的"污点",让她被动地成为一个"不可接触者",被推向社会的边缘。

最后,萨拉决定去医院女病友介绍给她的那家"美发店"。"走到那里有很多含义,这意味着她终于接受了自己得病的事实。不再否认和拒绝。她会直面病魔,正视它,不再将它看成被迫接受的惩罚、厄运和诅咒,而是一个事实,生活中的一个事件,一场需要面对的考验。"店员给她拿了一顶用真发做的假发,材质是印度人的头发。"在意大利的西西里岛上的一家小工厂里处理、褪色、染色,然后一根根固定在绢网上的。用的是编织工艺,花的时间更长,但是比用针钩的更结实。做一顶这样的假发需要八十个工时,十五万根头发。"这顶假发让萨拉找回了过去强大而骄傲的自己,她的力量、自尊、坚韧和美貌。"她会赢得这场战斗,也许伤痕累累,但是依旧站立。无论需要几个月,或者几年的治疗,无论需要多久,从今以后,她将用尽全力,每分每秒,全心全意地与病魔做斗争。"那个给了她头发、生活在世界另一端的印度女人,那些在西西里岛上耐心打散和处理头发的女工们,还有将它们编织起来的那个女人,正是这些素不相识的人,她们文化不同,信仰不同,却和她一样,和她一起,勇敢地认识自己,接受自己,走向解放,走向自由,走向各自的地平线。

小说架构简单,语言的分寸拿捏得很好,并没有一味地煽情。三个故事、三种人生互相穿插,从一开始就像编最基本款的麻花辫一样,先将三股头发并排放平,然后把左边一股和中间一股交叉,之后将右边一股和中间一股交叉,如此反复。斯密塔、朱丽娅、萨拉的故事有节奏地依次推进,平整,顺滑,纹丝不乱。这也是一部镜头感、画面感十足的小说,相信导演莱蒂西娅·科隆巴尼很快就会把它搬上银幕。发生在三位女性身上的故事折射出来的是世界各地女性当下的境遇。套用法国历史学家、《蕾蒂西娅,或人类的终结》一书的作者伊凡·雅布隆卡的话:"蕾蒂西娅已经活了几千年了。她承载了比自己的身体和生命更广阔的意义,她并非仅仅囿于自身的存在,而是世界上众多女性的命运缩影。"

四

在这个骤冷骤热的春天,阅读这样的小说(《辫子》)和论著(《两性》),总是让人不自觉地联想到近一两年国内外几则刷屏、引发热议的新闻,那些比小说更小说、比电影更电影的真实事件。

2016年11月3日,"80后"摩洛哥裔法国女作家蕾拉·斯利玛尼的《温柔之歌》获龚古尔文学奖。"催眠曲"成了"催命曲",小说开篇就是一场惨剧的结局:一个孩子死了,另一个孩子也救不活了,而凶手竟然是他们的"完美"保姆路易丝,她自杀了,却没有死成。女作家在访谈中称这部小说取材自两则社会新闻:保姆路易丝的名字来自路易丝·伍德沃德(Louise Woodward),1997年去美国求学的一个十八岁英国互惠生,她被控用力摇晃八个月大的婴儿马修·伊彭(Mattew Eappen)致其死亡;另一则社会新闻是一名已入美国籍的多米尼加保姆,2012年在纽约砍死雇主家的两个孩子后自杀未遂。无独有偶,2017年6月22日,就在《温柔之歌》中译本付梓之际,杭州城东高档小区一户人家失火。警方调查很快发现纵火案是保姆所为,染有赌瘾的保姆的盗窃行为被女主人发现,于是想出一招"先放火再灭火"的"妙计"来博取雇主感激而化解被解雇危机。不料她用打火机点燃书本丢在客厅沙发上后火势迅速蔓延,保姆没有依计灭火施救又没有在第一时间报警,致使女主人和她的三个孩子被困火场吸入一氧化碳中毒身亡。

2017年4月,二十六岁的台湾女作家林奕含在家上吊自杀。一本取材自她十三岁时被补习老师诱奸的真实经历而创作的小说《房思琪的初恋乐园》让她一举成名,也成了她永远无解的心结。童年阴影造成了创伤后应激障碍(PTSD):重度抑郁导致她轻生,"一个人不再长大,一个人被自己的人生留在原地,一个人是自己的赝品"。

2017年6月9日下午,伊利诺伊大学香槟分校中国访问学者章莹颖外出办事途中失踪,警方和FBI展开多方搜寻,嫌疑人勃兰特·克里斯坦森(Brendt Christensen)落网,但受害者章莹颖一直没被找回。一时间各种关于"暗网"和人口贩卖的猜度让很多人居安思危,心肝儿乱颤。

2017年10月,浙大教授冯钢被指歧视女研究生,性别歧视让学术圈(尤其是理工科)女性严重流失。

2017年9月17日,第六十九届艾美奖(美国电视界的最高奖项)颁给了根据加拿大作家玛格丽特·阿特伍德小说改编的同名剧集《使女的故事》，一举拿下最佳导演、最佳编剧、最佳女主、最佳女配、最佳剧集等奖项。故事设定发生在未来的美国：一个极端的宗教革命党上台建立基列国，他们杀了政府官员，废了宪法，用《圣经》来解释和规定一切。革命党认为女性应该保守，不准上班，不准接受教育，要回归传统，重新成为男性的附庸。有生育能力的女性，被迫成了"行走的子宫"。革命党强迫她们穿上类似红色修女服的头巾和袍子，让她们给革命党的高层领导生孩子。她们被称为"使女"，完全失去了自由。自去年初特朗普就任美国总统后，不少知识分子和普通读者重读了这本出版于1985年的《使女的故事》，仿佛在读一个随时可能到来的政治预言。

2017年10月，女星艾丽莎·米兰诺（Alyssa Milano）等人针对美国金牌制作人哈维·温斯坦（Harvey Weinstein）性骚扰多名女星丑闻发起"#MeToo"运动，呼吁所有曾遭受性侵犯或性骚扰的女性勇敢说出惨痛经历，并在社交媒体贴文附上标签，借此唤起社会关注。除好莱坞之外，"#MeToo"宣言还引发了政界、学术界、文化界对性骚扰和性侵犯事件的广泛讨论。

还有今年新年伊始就陆续像纸牌屋一样倒塌的高校信任危机:陈小武事件、沈阳事件、顾海滨事件、张康之事件……

我不知道,法国妇女解放运动组织(MLF)的创始人之一安托瓦内特·福克,在今天是否还能像1989年3月8日在索邦大学的阶梯教室里一样,很乐观笃定地宣称"我们的运动是不可逆的",坚信妇女解放与民主化进程会持续向前推进,令更多的女性受益。而一次次跌破道德底线的种种现实让我更倾向于赞同传说有女巫血统的玛格丽特·阿特伍德的判断,她说她所书写的情节"要不就是正在发生,要不就是已经发生过了"。

不过幸好,我们还有《辫子》,这本小说轻盈得像一只黄雀,带来这个春天最明亮的一抹颜色,充满希望,充满正能量,飞过现实令人沮丧的灰色围墙。

黄 荭

2018年5月于南大和园

序 言

这是一个故事的开端。
一个次次弥新的故事,
在我指间,变得鲜活。

首先,要有框架。
只有坚实的结构才能支撑整体。
丝绸或棉布,日常或舞台。一切待定。
棉布结实,
丝绸轻薄而低调。
还需锤和钉。
更重要的是慢慢来。

接着,便是编织。
这是我最喜欢的部分。
面前的织机上,
三根尼龙线紧绷着。

抓住线头,三根一股,
把它们扎在一起又不能扯断。
接着,重新开始,
反复千次。

我享受这孤独的时光,双手在舞蹈的时光。
这是一场怪诞的指尖芭蕾。
它们谱写着一个有关编织和辫子的故事。
这是我的故事。

然而它并不属于我。

斯 密 塔

印度,北方邦,巴德拉普尔

斯密塔在异样的感觉和轻微的焦灼中醒来,肚子里似乎有一只从未见过的蝴蝶。今天,她的女儿要去上学了,这无疑将成为她终生难忘的一天。

斯密塔从未上过学。在巴德拉普尔,像斯密塔这样的人是不能上学的。因为她是达利特①,"不可接触者",甘地口中的"神之子"。处于种姓之外,制度之外,一切之外。这是一个孤立的群体,被认为是肮脏的、绝对不可接触的。他们是被竭力隔离的贱民,如同被农夫鄙弃的坏胚。在印度,成百上千万像斯密塔这样的人居于城镇、社会和人道的边缘。

---

① 达利特,意思是"被压迫的人",被上等种姓称为"不可接触者"和"贱民",在印度社会地位极低。

日复一日,如同布满划痕的唱片,无休止地播放着令人无法忍受的交响乐。清早,斯密塔在自家靠近贾特人①耕地的窝棚中醒来。她用昨夜从达利特人专用的水井中打来的水洗漱。附近有一口更近的井,不过那是高种姓专用的,他们可不敢碰。曾有人因为更小的事情被杀。斯密塔忙活着,帮拉丽塔梳好头发,吻了吻纳加拉简。然后,她拿起了那个灯芯草编成的篮子。这个她妈妈用过的篮子,她只要看到它就恶心。它有一股顽固的、刺鼻的、无法祛除的味儿,而她却不得不一天到晚背着它,如同背负着十字架,背负着耻辱的重担。这个篮子是她的劫难。一个诅咒。一种惩罚。就像妈妈说的,她前世一定造了什么孽,需要今世来偿还。然而,这一生也不比前生和来世更重要,不过是众多轮回的一环。就是这样,这就是她的命。

这就是她的法②,她的任务,她在这个世界上的位置。一份母女相传的工作——清扫工。多么委婉的

---

① 贾特人,印度北方灌溉区的农民,经济地位较高,种姓地位不明确,多被认为和首陀罗同级。其社会地位虽高于达利特人,却低于其他种姓。

② 法,在印度教的语境中,意味着一个人的正当义务与责任。

词,指代的却是那样不堪的现实。没有什么词能描述斯密塔的工作。整整一天,她都要徒手掏粪。在她六岁那年,像拉丽塔现在这么大时,她的母亲第一次带她去工作。看着,然后你来做。斯密塔仍清晰地记得那如同胡蜂一般迎面扑来的恶臭。那难以忍受的味道熏得她在路边呕吐不止。你会慢慢习惯的,母亲说。她撒了谎,没人能习惯得了这个。于是,斯密塔学会了闭气,学会了暂停呼吸。好好呼吸,村里的医生说,看你都咳成什么样了!还要好好吃饭。可斯密塔失去食欲太久,早就不知道饿是个什么感觉了。她吃得非常少,为了维持生命,不得不每天和着水把一把米塞进她那抗拒进食的身体里。

政府早就承诺要在全国修建公厕。不过,还没修到这儿。在巴德拉普尔,就像在其他的地方,人们随地大小便。到处都是脏兮兮的,地上、河里、田中堆满了成吨的粪便。疾病在这些地方快速传播,如同落在炸药上的火星。政客们深知人民对公厕的需求超过了对改革、社会平等甚至工作的需求。人民需要"体面排泄"的权利。在一些村子里,女性不得不等到天黑才能到田里去解决生理需求,这也使得她们处在随时会被袭击的险境里。一些幸运儿可以在自家院子里或是屋子里的隐蔽角落简单地挖个被委婉地称作"茅坑"的洞。每天,许多像斯密塔一样的达利特妇女会到这些人的家里来,徒手清理这些茅坑。

她的工作从早上七点开始。斯密塔拿上草篮和扫帚。她每天要掏二十户人家的厕所,一分钟也不能耽误。她贴着路边走着,眼睛低垂,脸藏在围巾里。在一些地方,达利特人必须佩戴乌鸦羽毛,以示身份。在另一些地方,他们必须赤脚走路——大家都知道那个"不可接触者"的故事,他仅仅因为穿了凉鞋就被人用石块给砸死了。每到一户人家,斯密塔必须从专门为她所开的后门进入。她不能碰到住户,更不能和他们说话。她不仅仅是不可接触的,更应该是隐形的。打扫的报酬往往是剩饭,有时则是几件旧衣服,这些都是直接丢在地上的。不配接触,不配直视。

有时,她什么也得不到。一户贾特人已经有好几个月什么都不给了。斯密塔不想干了。一天晚上,她对纳加拉简说,她再也不去了,让他们自己去掏粪好了。可纳加拉简却害怕了:他们没有自己的土地,如果斯密塔不去的话,他们就会被赶出村子。贾特人会一把火烧了他们的家。她知道他们干得出来。"小心你的腿!"他们曾经这么威胁过一个达利特人。后来,人们在附近的田里找到了这个达利特人,他已被大卸八块,还被泼了硫酸。

是的,斯密塔非常清楚贾特人能干出什么样的事来。

所以第二天,她还是去那家干活了。

但是,今天不一样。斯密塔做了一个对她而言理所应当的决定:她要让女儿去上学。她费了好大的劲才说服纳加拉简。上学有什么用?他说,就算她能读书写字,谁又会请她做事?她生来就是掏粪的,到死也是掏粪的。这是传统,谁都跳不出的轮回。这就是业①。

斯密塔没有让步。第二天她又说起这事,第三天,

---

① 业,在印度教中泛指今生及前生的所有行为及伴随行为而起的反应,广义地包含因果关系。

第四天……日日如此。她拒绝带着拉丽塔去工作,她绝不会教她的女儿怎么掏粪,也绝不会像自己的母亲一样眼睁睁地看着女儿往沟里吐,不,绝不!拉丽塔一定要去上学。在这样的决心面前,纳加拉简最终选择让步。他了解自己的妻子,她的意志可非比寻常。十年婚姻,他深知这个娇小的深褐色皮肤的女人比他固执得多。所以他最终同意了。好吧,他会去村里学校,找那里的婆罗门①说说情。

斯密塔暗自为自己的胜利开心。她多希望自己的妈妈也曾为她争取,多希望自己也曾迈进校门,和其他孩子坐在一起学认字和算术。但那是不可能的。她爸爸可不像纳加拉简这么好脾气。他是一个性情暴躁的人,经常打老婆。这儿所有人都这样。他经常挂在嘴边的一句话是:妻子怎么能和丈夫平起平坐?她属于他,是他的所有物,他的奴隶,就应该对他唯命是从。毫无疑问,真要出点什么事,她的爸爸宁可救一头牛,而非他的妻子。

---

① 婆罗门,印度种姓制度中的最高一级,多为祭司和学者。

斯密塔是幸运的。纳加拉简从没有打过她,也没有骂过她。拉丽塔出生的时候,他甚至同意养她。要知道,在离这儿不远的地方,女孩一出生就会被杀掉。在拉贾斯坦邦的村子里,人们会将出生不久的女婴装在盒子里,活埋至沙中。这些女婴往往会挣扎整晚才死去。

但在这里不会。斯密塔凝视着蹲在地上的拉丽塔,她正在给她唯一的娃娃梳头。她是那么漂亮,面容清秀,长发及腰。每天早上,斯密塔都会拆开她的辫子,重新编好。

我的女儿会读书写字,她对自己说。一想到这里,她就欢欣雀跃。

是的,今天将会成为她终生难忘的一天。

朱丽娅

西西里,巴勒莫

朱丽娅!

朱丽娅艰难地睁开眼睛。母亲的声音从楼下一声紧似一声地传来。

朱丽娅!
下来!
快点!

朱丽娅试图将脑袋藏在枕头下。她还没睡够呢——昨天她又看了整晚的书。然而她知道她非起床不可。母亲的话不能不听——这可是位西西里的母亲。

朱丽娅!

年轻女孩不情愿地离开了她的床,匆匆忙忙地起身、穿衣、下楼,奔向厨房,在那儿的妈妈已经开始不耐烦了。妹妹阿黛拉已经起床,正给搭在餐桌上的双脚涂指甲油。指甲油的味儿让朱丽娅做了个鬼脸。母亲给她端来了一杯咖啡。

你父亲先走了。
今天早上你去开门。

朱丽娅抓起工厂的钥匙,迅速走出家门。

你还什么都没吃呢。
带点东西!

她没理睬母亲的话,跨上自行车,猛踩几下离开了。早晨的新鲜空气使她稍稍清醒了一些。一路上,风拂过她的脸庞和眼睛。在集市的附近,柑橘和橄榄的香味直往她鼻子里钻。朱丽娅沿着叫卖刚刚捕来的沙丁鱼和鳗鱼的鱼摊骑着车。到巴拉罗露天市场时，那儿的流动商贩已经开始大声招揽顾客了。她一个加速，骑上了人行道。

她最后骑到了一条离罗马街有一段距离的死胡同，父亲的工厂就在那儿。这里原本是一家电影院，她的父亲在二十年前买下了它——朱丽娅今年也正好二十岁。之前的那个工厂太小了，搬迁势在必行。在工厂正面的墙上，以前张贴电影海报的地方还依稀可辨。巴勒莫人赶到影院看阿尔伯托·索迪、维托里奥·加斯曼、尼诺·曼弗雷迪、乌戈·托尼亚齐、马塞洛·马斯楚安尼等演员，已经是很久以前的事了。时至今日，大部分影院都关了门，一如这家被改造成工厂的街区小影院。从前的放映室改成了办公室，为了有足够的光线让工人干活，观影厅里也开了几扇窗。爸爸一手包办了所有的改造工程。朱丽娅觉得这个工厂和他很像：既热情又混乱，和他一样。尽管皮耶罗·兰弗雷迪发起火来很可怕，他依然深受雇员们尊敬和爱戴。尽管严格且颇具威严，他仍是个慈爱的父亲，按规矩抚养女儿们，并把认真工作的精神传给了她们。

朱丽娅拿钥匙开了门。平常,她的父亲总是第一个到。他坚持要亲自迎接他的员工们——这才是个做老板的样子,他很喜欢这么说。他总能和这个员工说句话,和那个聊会儿天,对每个人都有不同的关心方式。而今天,他到巴勒莫和周边的理发店去了,中午之前都不会回来。今天早上,朱丽娅就是工厂的女主人。

在这个时间,工厂里一切都静悄悄的。过不了多久,这里就会充斥着对话声、歌声、叫声,但此时此刻,工厂里只有朱丽娅的脚步声在回荡。她径直走到女工们的更衣室,将她的东西放进写有她名字的格子柜。她拿起罩衫,和平日一样,把自己裹进这件第二张皮肤里。她拢起头发,扎了个发髻,并熟练地用发夹固定起来。然后,她把头发用头巾包起来,这是一个不可或缺的环节——绝不能将自己的头发和工厂里处理的头发混到一起。穿戴整齐以后,她不再是老板的女儿:她变得和工厂里的其他女工一样,是兰弗雷迪公司的一名员工。她坚持如此,总是拒绝享受优待。

大门吱呀一声被打开了,一大片快活的云飘了进来。工厂瞬间变得鲜活起来,成了朱丽娅喜欢的喧嚣之地。在一阵人声鼎沸的喧闹中,女工们匆忙走进更衣室,快速地穿上工作服和罩衫,然后边聊边回到各自的岗位上。朱丽娅也加入了她们。阿涅丝看起来疲惫不堪——她的小儿子长牙,折腾了她一晚上。菲德莉卡强忍着泪水,她的未婚夫跑了。又一次?!阿尔达惊讶道。他明天就会回来的,宝拉安慰她。在这里,女人们不仅仅分享着相同的职业。当她们用手收拾那些需要处理的头发时,她们也从早到晚地说着男人、生活和爱情。在这里,大家都知道吉娜的老公酗酒,阿尔达的儿子和章鱼①来往密切,阿莱西娅和希娜的前夫曾有过一段短暂的情史,而希娜直到现在也没有原谅她。

朱丽娅喜欢和这些女工在一起,其中有一些是看着她长大的。她几乎就出生在这里。她的母亲时常笑着说起当年她正在主车间忙着处理那一缕缕的头发时,宫缩突如其来。如今,由于视力衰退,她已经没法继续干下去了,只好让位于视力更好的员工。朱丽娅就是在这里长大的,在一堆堆需要拆开、清洗的发绺和需要运走的订货中间。她还记得在女工们身边度过的

---

① 指意大利黑手党。

那些假日和周末,她看着她们工作。她喜欢观察她们那像蚂蚁军团一样忙活的手指。她看着她们把头发扔进梳毛机,那些方形的大梳子是用来打散头发的,然后再将这些头发放到一个固定在支架上的浴缸里面清洗。浴缸是她父亲的一个天才创意,为的是不让这些女工们的腰过于劳损。朱丽娅觉得把辫子挂在窗户上晾干的方法很有意思,像是从哪个印第安部落里抢来的战利品,一排以古怪的方式陈列着的头皮。

有时她觉得在这里,时间是静止的。在外面,它继续流动着,而在这四面墙内,她感觉自己免受其扰。这是一种幸福的感觉,让人心安,一种万物不变的确定感。

她的家族近百年来一直收集头发。这得益于西西里的一项传统,当地人会将脱落或剪掉的头发收集起来,制成假发。兰弗雷迪家的工厂由朱丽娅的曾祖父创建于一九二六年,是巴勒莫现在仅存的一家这种类型的工厂。工厂里有十来名员工,专门负责对头发进行拆、洗和编。处理好的头发会被运往意大利其他地方和欧洲各国。在朱丽娅十六岁生日那天,她选择离开高中加入父亲的工厂。老师们都认为她是一个天资聪颖的学生,尤其是她的意大利语老师,十分想让她继续念书。她本可以继续深造,进大学读书。但对她而言,转行是不可想象的。对兰弗雷迪家的人来说,做这行并不仅仅是为了遵循传统,更多的是出于他们对头发的热爱。但奇怪的是,朱丽娅的姐妹们并没有什么兴趣,她是家中三姐妹里唯一一个做这行的。弗朗切斯卡年纪轻轻就结了婚,现在已经是四个孩子的母亲,没有出来工作;最小的妹妹阿黛拉还在念高中,她立志从事时尚行业,模特或者什么都行,反正不是继承父母的职业。

对于一些特殊的订单、一些罕见的颜色,爸爸有一个祖传秘方:这是一种源自一些他从不透露名字的天然材质的配方。这配方是他的祖父传给他父亲,后来又由他的父亲传给他的。现在,他把这个配方传给了朱丽娅。他经常带着朱丽娅爬上屋顶,用他的话来说,就是去他的实验室。从那儿可以看到海和佩莱格里诺山①的另一边。穿着白大褂的皮耶罗活像一名化学老

---

① 佩莱格里诺山,位于西西里岛西北部。

师,他把大桶里的水煮沸,对头发进行加工:他知道如何使头发褪色然后重新染色,如何保证洗的时候不掉色。朱丽娅常常几个小时不停地看着他怎么做,一个细微的动作都不放过。她的父亲对待头发就像妈妈对待意大利面。他用一个木制的勺子搅动头发,让它们得到充分的休息,然后再次搅动,如此往复,不知疲倦。他用耐心、严谨和爱照料着这些头发。他总喜欢说,有一天这些头发将会被戴上,它们当得起最高的敬意。朱丽娅有时会想象那些戴上自家假发的女人的模样,这里的男人是不会想着戴假发的,他们太骄傲,太注重某种男子气概。

然而有时候,不知道是什么原因,有一些头发却能抵抗住兰弗雷迪家的秘方。从那些浸泡头发的桶里捞出来的头发大部分都呈乳白色,这样之后便可重新染色,然而总有一小撮仍保持着原有的颜色。这些反抗者着实造成了一些麻烦:要是让客户在一绺被精心染过的头发里发现这些黑色或棕色的顽固分子,那可就不妙了。由于目力极佳,朱丽娅负责这项精细的工作:她要将那些顽固的头发一根根地挑出来。这是一场真正的女巫狩猎,每天都要上演,精心策划,从不间断。

宝拉的声音将她拉回现实。

亲爱的,你看起来很累。
你又看了一晚上的书?

朱丽娅没有否认。在宝拉面前,可别想隐瞒什么。这位年长的妇人是工厂里资历最深的女工。在这里,大家都管她叫奶奶。她是看着朱丽娅的父亲长大的。她很喜欢说他小时候她帮他系鞋带的事。活了七十五年,她已世事通透。尽管双手饱经沧桑,皮肤皱得像羊皮纸一样,她的眼神依然锐利。她在二十五岁的时候就成了寡妇,一个人独自带大了四个孩子,一辈子都拒绝再婚。每当人们问起她为什么,她总说她太在乎自己的自由了:结了婚的女人就像负了债一样,她说。做自己想做的,我亲爱的,但是千万别结婚。她总对朱丽娅重复这句话。她时常说起她订婚的事。当时是她的父亲给她挑的人家,未来的夫家有一个柠檬种植园。奶奶不得不每天采摘柠檬,连结婚当天也不例外。在乡下,是没有时间休息的。她还记得她丈夫手上和衣服上飘散不去的柠檬味。他在几年后死于肺炎,留下了四个孩子,奶奶不得不跑到城里来谋生。她遇到了朱丽娅的祖父,留在工厂上班,这一干就是五十多年。

在书里你可找不到老公!阿尔达感叹道。

你别烦她,奶奶嘟囔着。

朱丽娅可没想着找丈夫。她从不去咖啡馆,也不去同龄人爱光顾的夜店。我的女儿有点孤僻,妈妈常这么说。相比于迪厅的嘈杂,朱丽娅更喜欢社区图书馆柔和的宁静。她每天午饭时分都会去那儿。作为一个永不满足的阅读者,朱丽娅十分喜爱堆满书的大厅,只有翻动书页的窸窣声打破这里的宁静。对她而言,这里有一种她所喜爱的宗教感,一种近乎神秘的虔诚。当朱丽娅阅读时,她丝毫不觉时间的流逝。孩童时,她坐在女工们的脚边读埃米里奥·萨尔加里①的书。稍长,她便开始阅读诗歌。比起翁加雷蒂②,她更喜欢卡

---

① 埃米里奥·萨尔加里(1862—1911),意大利探险小说家。
② 朱塞培·翁加雷蒂(1888—1970),意大利隐逸派诗歌重要代表。

普罗尼①,也喜欢莫拉维亚②的散文,尤其是帕韦泽③的文字,这位作者的书可是她的枕边读物。她觉得自己可以一生只与书为伴。有时她甚至会忘记吃饭,在午间休息后空着肚子回来。这么说吧:别人吃香炸奶酪卷,朱丽娅吃书。

这天下午她回到工厂时,一种不寻常的安静笼罩着主车间。朱丽娅一走进去,所有人的目光就都汇集到她身上。

亲爱的,奶奶用一种陌生的声音说道,你母亲刚来过电话。

爸爸出事了。

---

① 吉奥乔·卡普罗尼(1912—1990),意大利诗人。
② 阿尔贝托·莫拉维亚(1907—1990),意大利著名小说家。
③ 切萨雷·帕韦泽(1908—1950),二十世纪最重要的意大利诗人之一。

萨　拉

加拿大,蒙特利尔

闹钟响了,倒计时开始。萨拉时刻都在和时间作战,从起床开始,直到她躺回床上。从她睁开双眼的那一刻起,她的大脑就像电脑处理器一样高速运转。

每天早上,她都是五点醒来。没有时间多睡一会儿,每一秒钟都计算好了。她的一天被仔细分割,精确到秒,就像她在开学时给孩子们买的那些数学课上要用的方格纸一样。进入律师事务所之前,怀孕之前,那些不需要承担责任、无忧无虑的日子恍如隔世。那时只需要一通电话就能改变一天的安排:要不今晚我们……?或者我们出门……?或者我们去……?现在一切都是安排好的,井井有条,预先准备。不再有即兴演出,角色已经习得、扮演,每天、每周、每月,一年到头地重复。母亲、高管、职业女性、IT女孩、神奇女侠,女性杂志往她们这类女性身上贴了那么多标签,如同压在她们肩上的那么多挎包。

萨拉从床上起来,洗了个澡,穿好衣服。她的动作是那么精确、高效,像军乐一样井然有序。她下楼去厨房,摆好餐桌,总是同样的顺序:牛奶、碗、橙汁、巧克力、汉娜和西蒙的松饼、伊森的谷物、她自己的双份咖啡。然后她就去叫醒孩子们,先是汉娜,然后是双胞胎。罗恩会在前一晚准备好孩子们的衣服,他们只需洗把脸,然后穿上就行。与此同时,汉娜会将他们的午餐盒装满。一切都飞速进行着,如同萨拉开着车驰骋在街头,送孩子们去学校。她会先把西蒙和伊森送到小学,然后再送汉娜去中学。

亲完孩子们,说完你没忘带什么吧?多穿点!数学考试加油!别在后面瞎闹!不行!你得去锻炼!还有那例行的下周末你们去爸爸家,萨拉朝着事务所的方向开去。

八点二十分整,她将车驶进车库,停到了车位里。车位的标牌上写着她的名字:"约翰逊 & 洛克伍德律师事务所,萨拉·柯恩"。每天她都会骄傲地盯着这块标牌看,这不仅仅是一块标示着她的车位的名牌,更是一个头衔,一种等级,她在这个世界上的位置。这是她取得的成就,她终生奋斗的事业,她的辉煌和领地。

进到大厅,门卫向她问了声好,然后是接线员,总是同一套礼仪。这里的所有人都喜欢她。萨拉进了电梯,按下去九楼的按钮,快速穿过通向她办公室的走廊。人还不多,她总是最早到、最晚走的那个。这是做一番事业的代价,也是成为萨拉·柯恩的代价。她现在是市里最享有盛誉的约翰逊 & 洛克伍德律师事务所的权益合伙人。在这个大男子主义倾向严重的事务所里,萨拉是众多女性合作律师中第一个被提升为合伙人的。大部分和她一起上法学院的女性朋友都碰上了职场天花板。其中不少因此而转了行,尽管她们曾经花了那么多时间和精力去学习法律。但是她不会,萨拉·柯恩不会。她用大量的加班时间、无数个在办公室度过的周末和无数个用来准备辩护词的夜晚打破了这层天花板。她还记得十年前,她第一次踏入这个大理石砌成的大厅来面试。她面对着八个男人,包括事务所的创始人、管理合伙人约翰逊本人。大神本尊,从他的办公室到会议室来主持面试。当时他一句话也没说,只是用严肃的目光盯着她,仔细看着她简历上的每句话,没有发表任何评论。萨拉心里有点慌,面上却丝毫没有流露。多年的实践,早已让她对装腔作势得心应手。从会议室出来时,她稍稍有点挫败感,约翰逊好像对她一点兴趣也没有,连一个问题都没有问。他就像一个久经沙场的玩牌高手,在整场面试中都摆着一副扑克脸,最后严肃地说了一句让人似乎能看到一丝希望的"再见"。萨拉知道来应聘合作律师的求职者很多。她之前工作的事务所比较小,没那么出名,也没赢过什么大案子。其他的求职者可能更有经验,更积极,说不定也会更幸运。

后来她才知道,是约翰逊不顾加里·库斯特的反对,亲自从一众求职者中将她挑了出来。必须得习惯一件事,加里·库斯特不喜欢她,或者说太喜欢她了。他可能是嫉妒她,或者想得到她,无论如何,他总是不遗余力地在一切场合对她表现出敌意。萨拉了解这种男人,这些有野心的男人,他们讨厌女人,觉得她们是一种威胁。她曾和这种人有些接触,但是次数不多。她规划好自己的道路,将他们赶到一旁。在约翰逊&

洛克伍德,靠着在法院建立起的良好口碑,她晋升的速度堪比奔驰的骏马。法庭是她的舞台,她的领地,她的竞技场。当她走进法庭时,她便成了一名战士,一名斗士,绝不妥协,毫不留情。在辩护的时候,她的声音与平常稍有不同,更加低沉、庄重。她喜欢用短句,斩钉截铁,如上勾拳一般利落。只要对手在辩论时稍有疏漏,她便会将他们击倒在地。她对资料了然于胸。她从不允许自己慌乱,也从不会丢脸。自从她毕业进入温斯顿街那家小律师事务所工作开始,她接手的绝大部分案件都能胜诉。人们钦佩她,敬畏她。年届四十,她俨然已是同时代成功律师的典范。

事务所里盛传她将是下一届管理合伙人。约翰逊已经老了,需要一个继承人。所有的合伙人都觊觎着这个位置。他们都能想到自己坐在那个位置上的样子,一群哈里发[①]取代哈里发。那个位置代表着一种认可,是律师行业的巅峰。萨拉完全有资格坐上去:模范的经历、毫无瑕疵的意志力、应对一切竞争的工作能

[①] 哈里发,先知穆罕默德的继承者,伊斯兰教宗教及世俗的最高统治者。

力——还有一种永不满足的动力推动着她不断向前。她是一个运动员,一名登山者,征服了一座山峰之后便会去攀登下一座。她认为她的一生就是一个不断上升的过程,偶尔她也会想,到了顶峰会是什么样。她等着那一天的到来,却并不期冀。

自然,她的事业也需要牺牲。为了工作,她经常熬夜,还搭进去两段婚姻。萨拉经常说男人们喜欢那些不会使他们活在阴影里的女人,同时也承认两个律师在一起生活,总有一个会显得多余。有一天,她在一本杂志上读到——她几乎从不看杂志——一组律师夫妇婚姻时长的数据。当她将这组残酷的数据给她当时的丈夫看时,他们还对此一笑了之。结果一年后,他们便分道扬镳了。

由于被工作占去了大部分精力,萨拉不得不牺牲与孩子们在一起的时间。那些错过的放学时间、年末的慈善拍卖会、舞蹈表演、生日点心、假期对她所造成的影响远比她承认的大。她明白,这些错过的时光是无法弥补的,而这一点让她十分不安。她太了解职场妈妈的负罪感了。从汉娜刚出生起,她就已经饱受它的折磨。那时汉娜才五天大,她便不得不将她交给保姆,回到事务所去处理一项紧急事务。她很快明白,在她拼搏的这个职场上,没有位置留给哀伤的母亲犹豫不决。于是,在去工作前,她用厚厚的粉底将泪痕盖住。尽管她感到自己都快被撕裂了,却不能告诉任何人。她十分嫉妒她丈夫的轻松,男人在这方面都惊人地轻松,好像这种痛苦对他们来说不存在一样。早上出门时,他们手里只拿着文件,一身轻松地就离开了家,而她却走到哪里都拖着沉重的负罪感,就像乌龟拖着它沉重的壳一样。一开始,她还试图跟这种情绪做斗争,试图抛下它、否认它,但她没能做到。最终她让这情绪在她的生命中占有了一席之地。这种负罪感现在已经是她的老朋友了,时常不请自来。它就像杵在田地中心的一块广告板,脸上的一块疣,难看而无用,但事实如此:它就在那里,必须面对。

在她的同事面前,萨拉丝毫不动声色。她制定了一条规矩,那就是绝对不谈论自己的孩子。她自己不提,办公室也没有他们的照片。当她不得不带他们去看医生,或者去学校开会时,她也会说她在外面有约会。她明白,早退去喝一杯听起来比去解决保姆的问题可好多了。说谎、瞎编、夸张,随便什么都比承认有孩子强。因为这意味着牵绊、束缚和制约,使你无法随叫随到。这些都是成功路上的绊脚石。萨拉还记得,在她之前工作的地方,有位刚刚被提升为合伙人的女律师。这位女律师一宣布怀孕,便被撤了职,并以合作律师的身份被解雇了。这是一种无声的暴力,无形却普遍,无人揭发。萨拉自此便上了一课。她两次怀孕都没有向上级报告。奇特的是,她的肚子在很长一段时间里都平坦如初:一直到差不多七个月,大家都看不出她怀着孩子。连怀双胞胎时也是这样。好像连在她肚子里的孩子都已经感觉到应该保持低调。这是他们之间的小秘密,一份无声的协议。萨拉只休了最短的产假,在剖腹产两周后便回到了办公室。身材完美,形容疲惫却妆容精致,脸上还挂着无可挑剔的笑容。每天早上,在把车停进事务所的车库前,她都会在旁边的超市门前停一下,把后座上的两个婴儿座椅拿出来放到后备箱里,以免有人看到它们。当然,她的同事们知道她有孩子,但是她一直小心地不让他们想起这件事。秘书有权利谈论孩子的便壶和长牙这种琐事,一个合伙人可不行。

于是,萨拉在她的职场生活和家庭生活之间建立起一道密闭的墙。两种生活各有轨道,就像两条不会相交的平行线。这是一道脆弱的墙,摇摇欲坠,有时还会出现缝隙,或许有一天就会坍塌。无所谓。她十分欣慰地想着,她的孩子会为她做了什么和她是谁而感到骄傲。她努力用陪伴的质量来弥补数量上的不足。私底下,萨拉是一个温柔慈爱的母亲。至于其他的事,还有罗恩呢。"神奇的罗恩",就像孩子们给他取的这个外号一样。他曾不止一次因为这个几乎成为头衔的外号而发笑。

萨拉是在双胞胎出生不久之后雇佣的罗恩。当时她和之前的保姆琳达起了争执。除了总是迟到、对工作毫无热情以外,琳达还犯了一个严重的错误,导致她马上被炒了鱿鱼。一天,萨拉回家取一份忘带的文件,发现九个月大的伊森独自躺在床上,家里空无一人。而一个小时后,琳达若无其事地带着西蒙从市场回来了。被抓了现行,琳达还狡辩道,她每天只能轮流带双胞胎中的一个出去散步,两个实在是照顾不过来。萨拉当天就辞退了她,向事务所请了几天病假,说自己坐骨神经痛,在接下来的几天里面试了好几个保姆,其中就包括罗恩。一开始,萨拉非常吃惊怎么会有一个男人来应征这样的岗位,她把他的简历放到了一边——新闻里可经常说……再说,她的两任丈夫在换尿布和喂奶方面没有展现出任何的天赋,这使她不得不怀疑一个大男人是否能胜任这份工作。可后来,萨拉想到了自己在约翰逊&洛克伍德的面试经历,以及她作为一个女人为了挤进这行所付出的努力。她最终推翻了自己的判断。罗恩至少应该像其他人一样获得一次机会。他有着一份完美的简历以及可靠的推荐信。他自己是两个孩子的父亲,而且就住在旁边那个街区。很明显,他拥有一切获得这份工作的资质。萨拉试用了他两周。在这两周里,罗恩的表现堪称完美。他会花很多时间陪孩子们玩,做饭也是一流,他还会去采购、做家务、洗衣服,让她得以从这些日常琐事中解脱。孩子们也喜欢他,无论是双胞胎还是已经五岁的汉娜。萨拉当时正和第二任丈夫,也就是双胞胎的父亲分手。她想着,像他们家这种单亲家庭还是需要一个男性的角色。另一方面,尽管她自己可能并没有意识到这一点,雇佣一个男人也意味着不会有人抢走她母亲的地位了。罗恩于是就成了"神奇的罗恩",成了她和孩子们生活中不可或缺的人物。

每当萨拉照镜子,她看到的都是一个在各方面都取得成功的四十岁女人:她有三个漂亮的孩子,一栋位于富人区的大房子,一份很多人艳羡的工作。她就像杂志上那些微笑着的成功女性。在她那精致的妆容和高级定制套装下面,她的伤口无人可见,几乎不可察觉。

然而,那伤口是存在的。

就像这个国家成千上万的女人一样,萨拉·柯恩被截为两段。她是一颗随时可能爆炸的炸弹。

斯 密 塔

印度,北方邦,巴德拉普尔

过来。
快洗。
别磨蹭。

就是今天。不能迟到。

在窝棚后面的空地上,斯密塔正在帮拉丽塔梳洗。小姑娘任凭妈妈摆布,那样顺从,哪怕水滴到眼睛里也没动一下。斯密塔拆开了她那及腰的辫子。她从没剪过头发。依照传统,这儿的女人们会一直留着胎发,甚至终身不剪。她把女儿的头发分成三股,熟练地将它们编成一根辫子,然后为她穿上她熬了好几个晚上才赶制出来的纱丽。做纱丽的布是一个邻居给的。她没钱买学生穿的校服,但是没关系。入学的这天,她的女儿一定会美美的,她想着。

一大早,她就起来给女儿准备吃的。学校没有食堂,每个孩子必须自带午饭。她今天煮了米饭,还往里面加了一点只在重大日子用的咖喱。她希望拉丽塔在入学的第一天能有个好胃口。读书写字是需要力气的。她将饭菜放进了一个自制的铁饭盒里——盒子洗得干干净净,她还亲手将它装饰了一番。她不想让拉丽塔在其他人面前感到丢脸。她会和他们——那些贾特人的孩子们一样有文化。

扑点粉。
打扫神龛。
快去。

窝棚里只有一个房间,既是厨房和卧室,又是圣堂。拉丽塔负责清理那个供奉神明的小小神龛。她点燃了一支蜡烛,放到圣像旁边。念完颂词后,也是她摇的铃。斯密塔和女儿一起向生命之神、万物的创造者和保护者毗湿奴念经祈祷。每当世界的秩序被打乱,他便会化身成各种形象,下凡维护秩序:或鱼,或龟,或野猪,或半人半狮,或一介凡人。拉丽塔十分喜欢晚饭后坐在神龛旁边,听妈妈讲述毗湿奴十个化身的故事。当他第一次以凡人形态下界时,他帮助婆罗门打败了刹帝利①,并用他们的血填满了五个湖。拉丽塔一想起这个故事,就会吓得发抖。她在玩耍时,也总是小心翼翼地避开那些微小的蚂蚁和蜘蛛,说不定这些可怜的小东西也是毗湿奴的化身……一位神明在自己的指尖上……这想法既让她开心,又让她恐慌。纳加拉简也喜欢晚上在神龛旁听斯密塔讲故事。尽管不识字,他的妻子却很会讲故事。

今天早上可没有时间讲故事。和往常一样,天一亮,纳加拉简就出门了。他是个捕鼠者,和他的父亲一样。他在贾特人的田里干活。徒手捕鼠有着悠久的传统,是一门被当作遗产代代相传的手艺。这些啮齿类动物不仅啃食庄稼,还会在田里打洞,破坏土地。纳加拉简学过如何在土地上辨认这些特征鲜明的小洞。一定要专注,他的父亲总是说。要耐心,别害怕。一开

---

① 刹帝利,古印度四种姓之一,军事贵族,地位仅次于婆罗门。

始,你肯定会被咬,但你会学会的。他还记得第一次捕鼠的情形,当时他八岁。当他把手伸进一个鼠洞时,剧痛立马传遍全身,那老鼠一口咬住了他柔软的虎口,那里的皮肤很薄。纳加拉简痛得大叫,迅速将鲜血淋漓的手抽了出来。他的父亲却笑了。你这是自找的。要更快,得出其不意。再来。纳加拉简吓坏了,好不容易忍住眼泪。再来! 他一共试了六次,六处伤口,才把那只硕鼠从它的洞里给弄了出来。他爸爸一把抓住那畜生的尾巴,用石头打碎了它的头,然后把老鼠还给了儿子。给,他就这么简单地说了一声。纳加拉简紧紧攥着那只死老鼠,就像握着一座奖杯,把它带回了家。

他的母亲先给他的手做了包扎,然后把老鼠拿去烤了。晚上,一家人便把这只老鼠给吃了。

纳加拉简这样的达利特是没有工资的,他们只有留下自己抓到的东西的权利。这已经是一种福利:按道理来说,这老鼠也是属于贾特人的。因为土地是他们的,地上和地下的一切都是他们的。

烤老鼠肉味道还不坏。有些人说吃起来挺像鸡肉。这是穷人的鸡肉,达利特人的鸡肉,也是他们唯一能吃得到的肉。纳加拉简说他的父亲总是把老鼠连皮带毛一起吃光,就留个尾巴,因为没法消化。他会把老鼠用一根木棍穿好,放在火上烤,再一口吞下。拉丽塔一听这故事就会笑。至于斯密塔,她会剥掉老鼠皮。晚上,他们一家人吃的就是米饭和白天捕的老鼠,斯密塔会留着老鼠汁来配饭。有时,还有她去掏厕所的人家给的剩饭剩菜。她会把那些饭菜带回家,也会分些给邻居。

你的吉祥痣。
别忘了。

拉丽塔从她的东西里翻出了一小瓶指甲油,那是有一天她在路边玩捡到的——她没敢和妈妈说那是她偷来的。当时,这瓶指甲油正好从一个路人的包里掉了出来,滚到了沟里,小姑娘捡起来,像得了件宝贝似的藏在手心里。晚上,她把她的战利品带回了家,谎称是路上捡来的。她既满心欢喜又深感羞愧。要是毗湿奴知道了……

斯密塔从女儿手上拿过那个瓶子,在她额头上画了个朱红色的点。一定得是个完美的圆。这是个技术活,需要一定的练习。她轻轻地拍了拍指甲油,然后用一些粉固定。吉祥痣在这里被称作"第三只眼睛",能维持精力和集中注意力。拉丽塔今天会需要这两样的,她的母亲心想。她盯着女儿额头上规则的小圆点看,然后忍不住笑了。拉丽塔很漂亮,她有着清秀的面容,漆黑的眼睛,花瓣一样的嘴唇。她穿这身绿色的纱丽很好看。斯密塔看着成为学生的女儿满心自豪。尽管吃的是老鼠,但她会识字。她自言自语,牵过女儿的手,领着她往大路上走。她要带她穿过一条大马路。这里一大早就有很多卡车,都开得飞快。这里既没有信号灯,也没有人行道。

一路上,拉丽塔时不时抬起眼睛看着自己的妈妈,神色忧虑:她不怕卡车,她怕的是这个即将踏入的新世界,这个她爸爸妈妈都不了解的地方,还得单独去!斯密塔感到了女儿哀求的眼神;转身回去,拿起那个草篮,带着她去掏粪,这太容易了……可是,不!她可不要眼睁睁地看着拉丽塔跑到路边去吐。她的女儿必须上学。她得读书、写字、学算术。

好好听讲。

乖一点。

听老师的话。

小姑娘一下子变得茫然若失,那脆弱无助的样子让斯密塔很想将她抱进怀里,再也不松手。她必须拼命克制这股冲动。纳加拉简去找老师的时候,他说了"同意"。他盯着那个盒子,里面装着斯密塔为了让女儿读书,几个月来辛辛苦苦,一个子儿一个子儿存下的全部积蓄。然后,他拿过盒子,说了"同意"。斯密塔知道,都是这样的。在这里,钱最有说服力。纳加拉简回到家把这个好消息告诉了自己的妻子,夫妻俩万分欣喜。

她们正在过马路。突然,她意识到,就是现在,是时候放手让女儿到路的另一边去了。斯密塔很想对她说:高兴点,你的人生将和我不同。你会有一个健康的身体,不会像我一样咳嗽。你会活得更好、更久,而且受人尊敬。你身上不会有那令人恶心的味道,那该死的、去不掉的气味。你会受人钦佩。没人会像对待狗一样地向你扔残羹冷炙。你也无须低头顺目。斯密塔很想和她说这些,但是她不知道该怎么张口,告诉自己的女儿她的希望,她那些有点疯狂的梦想,那只在她肚子里扇动翅膀的蝴蝶。

最终她弯下腰,对她简单地说了句:去吧。

朱 丽 娅

西西里,巴勒莫

朱丽娅是突然惊醒的。

昨晚,她梦到父亲了。小时候,她特别喜欢和他一起出门干活。一大早,他们就一起骑上父亲那辆维斯帕牌摩托车。她不坐在后面,而是坐在父亲的腿上。她最喜欢风吹动她的头发,那种速度所带来的无限和自由的微醺之感。她一点也不感到害怕,因为被父亲的手臂保护着,没什么能伤害她。每当下坡时,她还会兴奋地叫起来。她看着太阳从西西里岛的海岸上升起,市镇逐渐变得喧嚣,生命苏醒过来,舒展筋骨。

她最喜欢按门铃。早上好,我们来收集头发。她总是骄傲地说。女人们在递给她装着头发的袋子时,偶尔也会塞给她一点小甜食或一幅圣像画。朱丽娅总是很自豪地拿着她的战利品,递给爸爸。而他会从包里拿出他那把祖传的、从不离身的小铁秤,然后根据头发的重量给那些女人钱。曾几何时,人们用头发换火柴,但是自从有了打火机以后,这种交易就消失了。现在,头发都被换成现金了。

她的父亲经常笑着说起,有些老人体力不支,没法下楼,就把头发放进一个小篮子里,用一根绳子吊着从他们的房间送下来。他接到篮子后给他们打个手势,拿出头发,然后把钱放进去,他们再用同样的方式把篮子收回去。

朱丽娅还记得她父亲说起这些时脸上露出的笑容。

接着,他们俩会朝着其他的房子走去。再见!理发店的战利品尤其丰厚。朱丽娅喜欢收到一条长辫子时,父亲脸上的表情。长辫子很少,非常珍贵。他会将辫子称重,测量,摸摸头发的质地和密度。然后给钱,道谢离开。一定要快,仅仅在巴勒莫,兰弗雷迪工厂就有上百家供货商。如果速度够快,走完一圈,他们回去还能赶上吃午饭。

画面定格在那一刻。九岁的朱丽娅坐在维斯帕上。

接下来的几秒钟是模糊的,混乱的,好像现实难以对焦,和刚刚结束的梦境交织在一起。

所以,这是真的。爸爸昨天在收头发时遇上了车祸。不知道是什么原因,他那辆维斯帕冲出了马路。可他是认识路的呀,那条路他走过不知几百回。消防员说,可能是一只动物突然冲出来,或者他突然哪儿不舒服了。没人知道到底发生了什么。此刻,他在弗朗西斯科·萨维里奥医院,生死未卜。医生们都拒绝表态。他们只是对妈妈说,要做最坏的打算。

朱丽娅无法想象最坏的情况。一位父亲是不会死的,他是永恒的,是岩石,是支柱,尤其是她的父亲。皮耶罗·兰弗雷迪代表着一种自然之力。他会活到一百岁,他的朋友希纽尔医生经常在和他一起喝格拉巴酒①时这么说。皮耶罗是个乐天派,一个享乐主义者,一个父亲,一个美酒爱好者,一个大家长,一个老板,同时也是一个易怒而又热情的人。她的父亲,她亲爱的父亲,他怎么能就这么走了?不应该是现在,不应该是这样。

今天是圣罗莎莉亚节。多么讽刺,朱丽娅想。在这一天,巴勒莫人会欢天喜地地为他们的保护神举行游行活动。同往年一样,整个地区都会参与这场盛典。依照传统,她的父亲会给工人们放一天假,让她们去参加庆典——戈索·维托里奥·埃马纽埃尔大街的游行和夜幕降临时意大利竞技场的烟火。

朱丽娅今天无心参加庆典,她努力对街上的狂欢活动视而不见,和母亲还有姐妹们一起陪在父亲的身边。爸爸躺在医院的病床上,看上去并不痛苦。这个念头让朱丽娅稍感安慰。他那往常健壮的身躯现在看

---

① 格拉巴酒,一种用葡萄酒渣酿造的白兰地,是意大利的代表性烈酒。

起来如婴儿般脆弱。她觉得他比以前矮了些,好像整个人都缩水了似的。也许当灵魂离开了身体,便会如此……她马上把这个不祥的念头赶出了脑海。她的父亲还在,他还活着。一定要坚信这一点。医生们说,这是脑震荡,换句话说,他们也不知道是怎么回事。没人敢说他会活下来还是就这么死去。他自己似乎还没有下定决心。

妈妈说,我们应该祈祷。一大早,她就要求朱丽娅三姐妹陪她去参加圣罗莎莉亚的游行。鲜花圣女很灵,她说,她曾经从鼠疫手里拯救了整座城市,应该去向她祷告。朱丽娅一点也不喜欢这种狂热的宗教庆典,还很担心这些疯狂的人们会突然做出点什么。况且,她根本就不信这些。自然,她受了洗,也领过圣餐。她还记得她穿着传统的白裙子,在一家人虔诚的注视下初领圣体的那天。那是她生命中最美好的回忆之一。然而今天,她却一点都不想祈祷。她只想陪在爸爸身边。

可她的母亲一再坚持。如果医生们都束手无策,那就只有上帝能救他了。她看起来是那么笃定,以至于朱丽娅都突然嫉妒起她这种天真盲目的信仰了。她的母亲是她所认识的人之中最虔诚的。她每周都会去教堂参加拉丁文的弥撒,尽管什么也听不懂,或者说只能听懂一点——不需要理解上帝,只需要敬畏上帝,她总喜欢这么说。朱丽娅最终妥协了。

她们一起加入了圣罗莎莉亚崇拜者组成的游行大军,这支队伍从大教堂一直延伸到四角场。汹涌的人潮会聚于此,向鲜花圣女致敬,她那巨大的圣像也被搬到了大街上。今年巴勒莫的七月十分炎热,街道和整座城市都被笼罩在难耐的暑气中。朱丽娅在游行队伍中突然感到窒息,她双耳嗡嗡响,两眼发黑。

好在母亲停下来,去和一个来询问爸爸身体状况的邻居打招呼了——整个街区都知道了爸爸的事,朱丽娅总算从人群中逃了出来。她躲进一条阴凉的小道,用喷泉里的水洗了把脸。空气终于又变得可以呼吸了。当她终于回过神时,不远处传来了一阵吵闹声。两个穿制服的宪兵正在呵斥一个深色皮肤的男人。他身材高大,戴着一条黑色头巾。那两个维护治安的人正催他摘下头巾。男子反抗着,用一口地道却带着外国口音的意大利语说他是合法居民,边说边掏出了证件,但那两个宪兵可不管那么多。他们开始不耐烦了,威胁说如果他不拿下头巾就要把他带到宪兵队。你这头巾下搞不好就藏着什么武器,他们肯定地说。游行的日子,什么都不能放过。男子坚持着。他的头巾是他宗教归属的标志,他不能在大庭广众之下摘下头巾。况且,这头巾又没有妨碍他们识别他的身份。他接着说,在他的身份证上他也戴着头巾呢,这是意大利政府给锡克族的一项特权。朱丽娅有些紧张地看着事态发展。那男子长得很英俊。他有着运动员的身材,精致的面容,黝黑的皮肤和一双异常明亮的眼睛。他最多也就三十来岁。宪兵们抬高了声音,其中一个动手推了他。最终,他被他们牢牢地押住,扭送着往宪兵队走去。

陌生男子没有反抗。他以一种既顺从又有尊严的姿态被宪兵押着,从朱丽娅身边经过。一瞬之间,四目相对。朱丽娅没有移开视线,陌生男子也没有。她看着他消失在路的尽头。

你在干什么呢?!

弗朗切斯卡走到她身后,把她吓了一跳。

我们到处找你!
快走吧!

朱丽娅遗憾地跟着大姐回到了游行的队伍中。

晚上,她发现自己难以入睡。那个深色皮肤的男子在她脑海中挥之不去。她不禁寻思,后来怎么样了,那些宪兵会对他做什么。他会被追究,被殴打吗?或者被遣送回国?她已经完全迷失在这些无谓的臆想之中了。其中一个问题尤其折磨着她:她当时是不是应该出面干涉?她又能做些什么呢?她的不作为使她产生了一种负罪感。她不知道为什么一个陌生人的遭遇会对她造成如此大的影响。当他看向她时,一种异样的感觉占据了她——一种她不曾有过的感觉。是好奇吗?或许是同情?

如果不是别的什么她叫不出名字的东西。

萨 拉

加拿大,蒙特利尔

萨拉刚刚晕倒了。当时她正在法庭上辩护。她先是停了下来,呼吸急促,看向周围,好像突然不知道自己身在何处。她尝试着找回思路,只有苍白的脸色和颤抖的双手显示出她不舒服。然后,她的眼睛像是蒙上了一层雾,视野开始变得模糊,呼吸也更加急促。她的心跳慢下来,脸上血色褪尽,就像河水离开河床。萨拉就这么倒下了,就像那曾号称不可撼动的世贸大厦双子楼。但是她倒下得那样安静。没有反抗,也没有呼救。她倒下时没有发出任何响动,就像纸牌屋,甚至带着一丝优雅。

当她再一次睁开眼睛时,一个身穿消防制服的男人正俯身看着她。

女士,您刚刚晕过去了。我们送您去医院。

那男人称呼她为"女士"。萨拉的意识还未恢复,但仍没有放过任何细节。她非常讨厌别人叫她女士,这称号就像是一记耳光。在事务所,所有人都知道,要么称她"律师",要么称她"小姐",绝对不能叫她"女士"。两次结婚,两次离婚,作用相互抵消。萨拉痛恨这个词,这个词代表着您不再年轻,不再是一位小姐,您已经进入后面的一组。她憎恶那些需要填写年龄段的问卷。她必须舍弃诱人的"三十至三十九岁"那一项,选择不怎么有魅力的"四十至四十九岁"。四十岁,萨拉没能预见到它的到来。她好好地度过了三十八岁,甚至三十九岁,但四十岁,不,说实话,她还没做好准备,没想到四十岁来得这么快。"四十岁以后就不再年轻了",她还记得这句从杂志上看到的可可·香奈儿说的话。当时她立刻合上了杂志,自然也就没看到后面一句:"但在任何年龄都可以做到让人无法抗拒。"

小姐。萨拉马上纠正对方,直起身子。她尝试着站起来，但消防员用一个温柔却威严的动作阻止了她。她想起了她正在打的那场官司，试图反抗。那是一宗无比重要的紧急案件——她处理的所有案件都是如此。

您晕倒的时候被划伤了，我们得给您缝几针。

伊奈斯陪在她身边。这是她招进来的合作律师，帮她准备资料。年轻的姑娘告诉她庭审已延期，她刚刚打电话给事务所调整了接下来的约会。伊奈斯的反应一如既往地迅速和高效，一句话：完美。她看起来非常担心萨拉，想陪着她一起去医院。但是萨拉更希望打发她回事务所，好准备明天的传讯，她在那儿更有用。

当她在 Chum① 的急诊室等待时，萨拉不禁想到，尽管这个浪漫的名字会让人想起男朋友或女朋友，以及暗示着某种旖旎的关系，蒙特利尔大学附属医院可

---

① 在法语中 chum 有密友之意。而这里的 Chum 则是蒙特利尔大学附属医院（Le Centre hospitalier de l'Université de Montréal）的缩写。

一点都不迷人。她终于忍不住起身想走。她可不想为了在额头上缝三针浪费两个小时,贴个创可贴就行了,她还得回去工作呢。一个医生拦住了她,让她坐回去:她必须等着接受检查。萨拉反抗着,可她除了服从也没有别的法子。

最终给她诊断的住院实习医生有双纤长的手。他看起来十分专注,问了很多问题。萨拉的回答都很简短。她不明白这些有什么意义,她很好,她反复强调着,但是医生还在继续他的检查。最终,就像一个嫌疑人被逼招供一样,萨拉不得不违心地承认:是的,她这段时间感觉很累。但是当一个人有三个孩子要养,一栋房子要供,一个冰箱等着被塞满,还有份全职工作的时候,怎么会不累呢?

萨拉没说的是,这个月以来,她每天起床的时候都精疲力竭。每晚回家听完罗恩对孩子们一天情况的报告,和他们一起吃完饭,哄完双胞胎睡觉,听完汉娜背书,她已经累瘫在沙发上。手还没碰到那台她刚买的却从没看过的超大屏电视的遥控器,人就睡着了。

她也没说她的左胸口已经疼了一段时间了。也许这没什么……她不想说,至少不是在这儿,不是现在,对这个身穿白大褂、冷冷打量着她的陌生人说。不是时候。

实习医生看起来却很担忧:她的血压很低,而且脸色苍白。萨拉以她的脸色天生如此作为理由来极力减轻这个问题的重要性,试图蒙混过关。说到底,萨拉就是干这行的。事务所里的所有人都知道这句俏皮话:什么时候我们能知道律师在说谎?只要他一张嘴。她能让全市最难缠的法官都词穷,一个年轻的实习医生自然不在话下。最后的结论就是:突如其来的乏力。过度劳累?这个词让萨拉笑了起来。这可是个时髦的词,用在一次小小的乏力上实在是糟蹋了。她大概是早上没吃饱,或者没睡好……或许是没做够,她本想加这么一句玩笑话,可实习医生一本正经的样子让她打消了亲近他的念头。真遗憾。他还是挺帅的,戴副小眼镜,一头鬈发,差不多就是她喜欢的那一款……如果他想,是的,她可以按他的要求吃维生素。她一边微笑,一边想着她的秘制提神鸡尾酒:咖啡、干邑加点可卡因。非常有效,他也应该试试。

实习医生可没心思和她开玩笑。他建议她请个假,好好休息一下。"放慢节奏",他是这么说的。萨拉不由得放声大笑起来。看来当医生的人也是可以很幽默的……放慢节奏?怎么放慢?把孩子都拿到易贝网上卖掉?今晚开始什么都别吃了?告诉她的客户她罢工了?她处理的案子都干系重大,没法委托别人做。停下脚步可不在选项内。休假?这个词是什么意思?她已经快记不清她最后一次休假是什么时候了,是去年,还是前年?……医生抛出一句空洞的话,她甚至懒得反驳:没有人不可取代。看来他一点也不明白作为约翰逊&洛克伍德的合伙人是怎么回事,也不明白身为萨拉·柯恩意味着什么。

她现在想走了。实习医生试图让她留下做其他的检查,但是她溜了。

她并不是那种会把事情拖到第二天的人。在学校的时候,她就是一个好学生,"一个勤奋刻苦的学生",老师们都这么评价她。她不喜欢把事情拖到最后一分钟做,用她自己的话来说,她喜欢"提前"。她的习惯是将周末的前几个小时或假期的头几天用来做功课,之后就可以松口气了。在事务所也一样,她在干活时总能遥遥领先于其他人,这也正是她升职如此之快的原因。她从不允许偶然发生,她总是能预见。

但不是在这儿。不是现在。
不是时候。

接着,萨拉又回到了她的生活中,她的那些约会、电话会议、清单、文件、辩护、会议、记录、小结、工作午餐、传讯、紧急审理,还有她的三个孩子。她回到前线,像一个优秀的年轻士兵,重新戴起往常那张和她如此契合的面具,又成了那个挂着笑容的成功女性。这张面具完好无损,一丝裂缝也没有。回到事务所之后,她会告诉伊奈斯和她的合作律师们:什么事都没有。然后一切又会恢复到平常的状态。

接下来的几周,她会去做几次妇科检查。对,我觉得有什么东西。她的妇科医生给她检查时说,脸色显得异常凝重。她会给她开一系列的检查单,那些野蛮的名字读起来就让人害怕:乳腺造影术,核磁共振,CT,活检。这些检查本身几乎就意味着一种诊断,一种宣判。

但是现在,还不是时候。萨拉不顾实习医生的建议,离开了医院。

现在,一切都好。

只要不说,它就不存在。

这房间不会比一间卧房大。
最多还能摆张床。
还只能是张儿童床。
我就在这里工作,一个人,
日复一日,安静为伴。

自然,有一些机器设备,但要处理的材料更多。
在这里,没有生产线。
每件样品都是唯一的。
每一样都让我骄傲。

时间流逝,我的手似乎和身体其他的部位已经分离。
动作可以习得,
速度也随着时间得到提升。

入行已久,
常年的伏案工作,
使我视力损耗,
身形倦怠,
行动不便,
然而,

我的手指依旧灵巧。

有时,我的思绪会离开这个工作间,
将我带去,
那遥远的地方,
那未知的生活,
那里的声音朝我奔来,
如同微弱的回声,
和我的声音交织在一起。

斯密塔

印度,北方邦,巴德拉普尔

一进家门,斯密塔就注意到女儿神情有异。今天,她紧赶慢赶地打扫,也没像往常那样去邻居家分享她从贾特人那里得到的剩饭。一做完事,她就跑去水井边打水,放下草篮,在院子里洗了洗——只用了一桶水,剩下的得留给拉丽塔和纳加拉简。每天晚上进家门前,斯密塔都会用肥皂将全身擦洗三遍,她拒绝将那恶心的味道带进家里,她不想让自己的女儿跟丈夫把她和臭味联系在一起。那种味道,别人粪便的味道,不是她,她不想和那种味道画上等号。因此,在北方邦的边界处,巴德拉普尔村的最边缘,院子的深处,这块用来遮挡的布后面,她用尽全身的力气拼命地擦洗,手、脚、身体、脸,她那么用力,都快把皮搓下来了。

斯密塔擦干身体,穿上干净的衣服,然后走进了屋。拉丽塔正双手抱膝地坐在角落里。她盯着地面,目光发直,脸上浮现出一种她母亲从来没有见过的,说不清是愤怒还是忧伤的表情。

你怎么了?

孩子没吭声。嘴都没动一下。

告诉我。
讲吧。
快说!

拉丽塔保持着沉默,双眼空洞,好像正看着一个想象中的、只有她自己才能看见的点,一个无人可及之处,远离窝棚,远离村庄,任何人都无法进入,连她的妈妈都不行。斯密塔恼了。

快说呀!

孩子蜷缩了一下,好像一只受到惊吓而缩进壳中的蜗牛。摇晃她,朝她喊,或者逼着她说都行,但是斯密塔了解自己的女儿:如果那样做,她反而什么都不会说。她肚子里的那只蝴蝶变成了一只螃蟹。她感到十分焦虑。学校里究竟发生了什么?她不了解那个世界,却把自己的宝贝女儿送去了。她是不是做错了?他们到底对她做了什么?

她打量着孩子:她背上的纱丽好像被撕坏了。一道口子,没错,上面有一道裂开的口子!

你到底干什么了?
把自己弄得这么脏!
你跑到哪儿去了?

斯密塔一把抓住女儿的手,把她从墙角拉到身边:这条她缝了那么久,花了好几个晚上,不眠不休及时赶制出来的新纱丽,她的骄傲,就这么被扯破了,撕坏了,弄脏了!

瞧,你把它扯破了!

愤怒的斯密塔噢了一声就僵在了那里。她心中升起一种非常可怕的怀疑。她将拉丽塔拖到了院子里——尽管是白天,因为窝棚密不透光,房间里十分昏暗。她开始动手脱她的衣服,猛地扯掉了那条纱丽。拉丽塔丝毫没反抗,衣服本就大了些,很容易就褪了下来。当看到孩子的后背时,斯密塔颤抖了:上面布满了红色的伤痕,都是被打出来的。有好几处皮开肉绽。那红色触目惊心,就像她额头上的吉祥痣。

这是谁干的?!
告诉我!
谁打了你?!

小姑娘垂下眼睛,吐出了两个字。就两个字。

老师。

斯密塔的脸瞬间涨成了紫色,脖子上的青筋被怒气激得暴起。拉丽塔恐惧地看着这根凸起的血管,它让她害怕,因为她的妈妈通常都是很冷静的。斯密塔一把抓住了孩子,摇晃着她,她那赤裸、瘦小的身躯像树枝一样抖动着。

为什么?!
你做了什么?!
你是不是不听话?!

她大发雷霆:开学第一天,她的女儿就这么不听话!老师肯定不会再要她了,她所有的希望都落空了,她的力气也都白费了!她知道这意味着什么:回到厕所,回到烂泥,回到别人的粪便中。重新捡起草篮,那个该死的,她一心想让她避开的草篮……斯密塔并不粗暴,她从没打过谁。但是,此时此刻她的身体里突然升起一股滔天怒火,整个人都被这前所未有的情绪给控制了。这怒火摧毁了她理智的大堤,吞没了她。她劈头盖脸地打起了孩子。拉丽塔连连后退,只能用手尽力保护着自己的脸。

纳加拉简刚从田里回来,就听到了院子里传来的哭声。他加快了脚步,挡在妻子和女儿之间。住手!斯密塔!他总算拦住了她,将拉丽塔揽在怀里。小姑娘哭得直打战。他发现了她后背上的伤痕和皮肤上的伤口。他把孩子紧紧地抱在怀里。

她居然敢不听婆罗门的话！斯密塔吼道。纳加拉简看向自己怀中的女儿。

真的吗？

沉默了一会儿后,拉丽塔终于吐出这句话,两人顿时像被抽了一巴掌。

他要我打扫教室。

斯密塔一听便呆住了。拉丽塔声音很轻,她怀疑自己是不是听错了。她让她再说一遍。

你说什么?!

他让我当着大家的面扫地。
我说了不。

孩子害怕再次被打,躲了一下。她突然变得更小了,似乎在恐惧的作用之下被压缩了。斯密塔感到一阵窒息。她拉过孩子,用自己纤细的双臂,尽全力紧紧地搂住她,接着大哭起来。拉丽塔把脸埋在妈妈的脖子里,显得轻松而平静。她们俩一直保持着这个姿势,纳加拉简手足无措地看着。这还是他第一次看到自己的妻子哭。哪怕生活中有再多的磨难,她都没有泄气过,也从未退缩过。她一直都是个意志坚强的女人。然而今天不是。抱着女儿被殴打、被羞辱的身体,她也变得像个孩子一般。她为自己被打碎的梦想而哭,为自己那样渴望却又不能给予孩子的生活而哭。因为贾特人和婆罗门会时刻提醒他们,他们是谁,他们从哪里来。

晚上,待到终于把拉丽塔哄睡着,斯密塔彻底爆发了。他为什么要这么做?那个老师,那个婆罗门,他不是答应让拉丽塔和其他的孩子,和那些贾特人的孩子一起上学吗?他拿了钱,也说了"同意"啊!斯密塔认识这个人,也认识他们一家,他们家就住在村子的中间。她每天都去给他们扫厕所,他妻子偶尔也会给她点米。这究竟是为什么?!

突然,她想起了毗湿奴为了保护婆罗门,用刹帝利的血填满的那五个湖。没错,他们是文化人,是僧侣,他们有知识,比其他种姓都高贵,站在人类的顶峰。可是他为什么要为难拉丽塔?她的女儿不会对他们造成任何威胁,她既不会质疑他们的学识,也不会动摇他们的地位,到底为什么要把她踩回烂泥?为什么不能像对待其他的孩子一样教她读书写字?

打扫教室意味着:你没有资格待在这儿。你是一个达利特,一个清扫工,你这辈子就这样了,只能这么活着。你会在一堆粪便里死去,就像你的母亲和你的外婆。你的孩子、孙子,你所有的后代都一样。你们没有其他的选择,你们这些不可接触者,人类的渣滓,留给你们的只有那污秽的气味,千秋百世,只有别人的屎尿,全世界的粪便。

拉丽塔没让他们得逞。她说了不。一想到这儿,斯密塔就为自己的女儿感到骄傲。这个六岁的小姑娘,不过比凳子高那么一点,就敢直视婆罗门的眼睛说不。哪怕他当着全班人的面在教室里骂了她,用灯芯草做的棍子打了她,她没哭,也没叫,连一声都没吭。

到了午饭时间,那个婆罗门还不让她吃饭,他没收了斯密塔为她准备的铁饭盒。可怜的小姑娘连坐下的权利都没有,只能眼睁睁地看着同学们吃。但她没求饶,也没有乞求,她就那么一个人站着。很有尊严。是的,斯密塔为自己的女儿骄傲,哪怕吃的是老鼠,她也比所有的婆罗门和贾特人加起来还要强大,他们没能让她屈服,没能压垮她。他们把她痛打了一顿,在她身上留下了一道道伤痕,但是她坚持着,内心毫发无伤。

纳加拉简不赞同妻子的看法:拉丽塔应该退让的,扫个地而已,又不是什么大事。扫一下地总比挨棍子强……斯密塔火了。他怎么能这么说?!学校是教书育人的地方,可不是奴役人的。她要去找那个婆罗门谈一下,她知道他住在哪儿。她认得他们家的暗门,她每天都要挎着草篮从那里进去给他们清理粪便……纳加拉简劝她:和婆罗门作对可没什么好处。他比她强大得多。所有人都比她强大。如果拉丽塔想回到学校,就必须适应这些刁难。这就是她学习读书写字的代价。这就是他们那个世界的规则,没有人能不受惩罚地超越种姓。一切都需要付出代价。

斯密塔盯着自己的丈夫,气得浑身发抖:她可不会让自己的孩子变成婆罗门的替罪羊。他怎么敢这么想?他怎么能这么想?他应该反抗,应该反击,应该为了自己的女儿与全世界对抗——这难道不是一个父亲该做的?斯密塔宁死也不会把孩子再送回学校,拉丽塔再也不去了。她诅咒这个打压弱者、妇女、儿童和一切本应受到保护的人群的社会。

好吧,纳加拉简说,拉丽塔不回学校了,明天就带着她去工作。斯密塔就该教拉丽塔去做这个她外婆和她妈妈做的事情,把草篮传给她。不管怎么说,几百年来,她的家族里的女人都是做这个的,这就是她的*法*。斯密塔不该期待她能干别的。她本想离开她的轨道,离开那条已被划定的路线,可婆罗门用大棒把她给赶回来了。讨论结束。

那天晚上,斯密塔在供奉着毗湿奴的小小神龛前祈祷着。她知道她肯定是睡不着了。她又想起了那五个血湖,然后寻思,需要用像她这样的不可接触者的血填满多少个湖才能让他们打碎这千年的桎梏。千万个像她一样的人在顺从地等死。如果轮回没有终结,她的妈妈以前总这么说,来世会更好的。她期盼着涅槃,最终的归宿。而她的梦想是死在神圣的恒河旁。人们都说,这样一来,六道轮回便停止了。人不再重生,而是和绝对、宇宙融为一体,这才是终极目标。妈妈说,不是每个人都能这么幸运,有些人必须活着,万物的秩序应该被当作一种神圣的制裁。如此,永恒得以存在。

等待着永恒到来的达利特们必须弯下他们的脊梁。

但斯密塔绝不屈服。这一次绝不。

对她来说,她可以把这辈子看作自己残酷的宿命。但是不能把女儿让给他们。在这间她丈夫已经睡着的黑暗窝棚里,她对着毗湿奴的神龛发誓。不,绝不能把拉丽塔交给他们。她的反抗无声无息,近乎无形。

但它确实存在。

朱 丽 娅

西西里,巴勒莫

朱丽娅看着自己的父亲,不禁想起了睡美人的故事。

他躺在医院这张铺着白色床单的病床上已经八天了。他的身体状况很稳定。睡着了的他看起来那么平静,就像那个等待被唤醒的未婚妻。朱丽娅想起小时候,父亲总在晚上给她念睡美人的故事。在讲到那个带来厄运的女巫时,他会换上一种低沉的声音。尽管听了不下千百遍,每次听到公主最终醒过来时,她还是会不由得松口气。她多么喜欢夜幕降临时,家里回荡着的父亲的声音啊。

那个声音消失了。

现在,爸爸的身边一片沉寂。

工厂已经重新开工。全体女工都对朱丽娅表示支持。吉娜给她做了她爱吃的卡萨塔蛋糕。阿涅丝给妈妈买了巧克力。奶奶提出接替她去医院照顾爸爸。阿莱西娅当教士的兄弟也为爸爸向圣凯瑟琳①祈了福。大家都陪伴在朱丽娅身边,不让她陷入悲伤。在她们面前,年轻的女孩尽力保持着乐观,就像父亲那样。她坚信,他一定会从昏迷中醒过来的。他会回到这儿来。这只不过是一段小插曲,她想着,是暂时的。

每天晚上,工厂关门后,她就会去父亲的床前守着。她会给他念念书——据医生们说,陷入昏迷的人是可以听到周围的声音的。所以朱丽娅总是大声地为他读诗歌、散文和小说,一连几个小时。现在轮到我为他讲故事了,朱丽娅想,他给我讲过那么多。她坚信无论爸爸在哪儿,都一定能听得见她的声音。

这一天,她在午休的时候去图书馆为爸爸借书。

---

① 圣凯瑟琳,基督教圣人,主保垂死之人。

当她走进安静的阅览室时,一件奇怪的事情发生了。一开始她还没有看清,书架挡住了他的身影。突然,她看到了他。

是他。
那个戴头巾的男人。
圣罗莎莉亚节那天,在街上遇见的那个戴头巾的男人。

朱丽娅一下子呆住了。陌生男子背对着她,她看不见他的脸。他换了一排。她很好奇,悄悄地跟着他。当他拿起一本书时,她终于看清了他的脸——就是他,那个被宪兵抓起来的人……他好像在找什么,却一直没找到。朱丽娅被这场偶遇搞得手足无措,观察了他一会儿。他没有发现她。

最终,她还是朝他走去。她不知道要怎么和他说话——她不习惯与男人搭讪。一般都是他们主动来找她。大家经常对朱丽娅说,她长得很美。尽管举手投足之间像个假小子,她那混合着纯洁和性感的气质还是让男人们没法无动于衷。她很了解,那些当女孩走过时发亮的眼睛。意大利男人天生就会那些甜言蜜语,那些陈词滥调——她知道那都是为了什么。然而,她忽然生出一股前所未有的勇气。

早上好。

陌生男子转过身来,面露惊讶。他似乎没有认出她来。朱丽娅停顿了一下,有点羞涩。

上次我在街上看到您了,就是游行那天。当那些宪兵……

她感到一阵局促,话也没能说完。提起这事会不会让他尴尬?……她开始后悔她的大胆了。要是没和他搭讪就好了,她恨不得立刻消失。但是那男子朝她点了点头。他这会儿认出她来了。
朱丽娅接着说:

我还以为……他们把您给关起来了。

男子笑了起来,露出一个憨厚又风趣的表情——

这个似乎在为他担心的奇怪女孩是谁?

他们把我关了一个下午,然后就把我放了。

朱丽娅看着他的脸庞。尽管肤色很深,他的眼睛却异常明亮。她现在能清楚地看到它们了。这是一双蓝得发绿的眼睛——或者说绿得发蓝。这混合的颜色是那么地诱人。她又鼓起勇气说:

也许我能帮您。
我对这儿很熟悉。
您在找哪本书?

那男子说他想找本意大利语书——简单点的,他又加上一句。尽管他说得很流利,但在阅读上还是有一些困难。他想在这方面下点功夫。朱丽娅十分赞同。她把他带到了意大利文学区。她有些迟疑——现当代的作家对他来说可能太难了。最后她推荐了一本小时候读过的萨尔加里的书:《空气的孩子》,这是她最喜欢的小说。陌生男子接过书,对她表示感谢。通常,在这种情况下,这里任何一个男人都会尽量拖延时间,和她攀谈,趁机向她献殷勤。但是他没有。他和她简单地道了个别,就离开了。

看着他拿着借来的书走出图书馆,朱丽娅感觉心紧了一下。她有些恼怒自己没能拿出勇气去追他。不过,在这里,这样做是不行的。女孩子可不能追着一个刚认识的男人跑。她很遗憾自己总是充当旁观者,眼睁睁地看着事情发生却不敢采取行动。这一刻,她痛恨自己的消极和怯懦。

自然,她有过几个男友,几个暧昧对象,几段故事。也有人亲吻或偷偷摸过她。朱丽娅总是放任这些行为,满足于回应他们对她表现出来的兴趣。她从不曾为了讨好谁而让自己受委屈。

回工厂的路上,她一直在想着那个陌生男子,想着那条让他显得有些不合时宜的头巾,想着他那必须遮起来的头发,想着他那皱巴巴的衬衫下的身体。一想到这里,她的脸红了。

她暗暗地期待能再次遇见他,第二天又去了图书馆,尽管这天并不需要借书,她还没读完之前给爸爸借的那几本呢。当她走进阅览室时,她又呆住了:他在。还是昨天那个地方。他抬头看了她一眼,好像一直在等她。那一刻,朱丽娅觉得心都要跳出来了。

他朝她走来,离得那样近,她都能感受到他温暖又甜蜜的气息。他为她推荐的书表示感谢。因为不知道送什么好,就给她带了瓶他们合作社生产的橄榄油。朱丽娅盯着他,很是感动;他身上的那种温柔和庄严深深打动了她。这是平生第一次,一个男人给她造成如此大的困扰。

她接过瓶子,有些惊讶。他说这是他亲手采摘,亲手压榨的。当他准备离开的时候,朱丽娅鼓起了勇气。她满脸绯红地问他愿不愿意到海边走走……今天天气很好,海又那么近……

陌生男子迟疑了片刻,然后同意了。

他叫卡玛吉特·辛格,是个沉默寡言的人。这一点让朱丽娅感到很意外;这里的男人大多口若悬河,热衷于谈论自己。女人们的任务就是听他们说。就像妈妈说的那样,要让男人们出出风头。卡玛不一样。他很少开口谈自己的事。但是面对朱丽娅,他愿意说说自己的故事。

为了躲避针对锡克人的暴力行为,身为锡克教徒的他在二十岁的时候就不得不离开了克什米尔地区。自从一九八四年印度军队在金庙①屠杀锡克教徒,镇压独立派的反抗以来,锡克人便时刻活在威胁之中。在一个寒冷的夜晚,卡玛只身一人来到西西里。他的父母没有来——很多锡克人会等孩子成年之后,把他们送到西方国家。岛上重要的锡克教团体招待了他。他说,意大利是欧洲接纳锡克人第二多的国家,仅排在英国之后。他通过非法的农活中介找了份工作,这种机构的存在是为了让雇主招到廉价劳动力。他告诉朱丽娅,那些中介怎么挑人,怎么把非法移民送到工作地点。为了赚回路费、给他们的一瓶水和一块小小的三明治,对方从他们的工资中提成,有时甚至抽掉一半。卡玛说他曾经一小时才赚一二欧元。他摘过这块土地

---

① 指阿姆利则金庙,印度锡克教最大的寺庙,位于印度边境城市阿姆利则市中心。

上所有的物产:柠檬、橄榄、樱桃番茄、橙子、洋蓟、西葫芦、巴旦木……工作条件没得谈。中介给什么你就得干什么,不然什么都没得干。

他的耐心终于得到了回报。在非法居留了三年之后,卡玛拿到了难民身份和永久居住权。他还在一家生产橄榄油的合作社找到了一份夜班的工作。他喜欢这份工作。他告诉她怎么用一种特制的耙子把橄榄从树枝上毫无损伤地摘下来。他喜欢这些树的陪伴,其中一些都有上千岁了。他着迷于它们的长寿。橄榄是高贵的食材,他笑着总结道,是和平的象征。

尽管官方给了他正式的身份,但这个国家还没有完全接受他。西西里社会一直与这些移民保持距离。这两个世界近在咫尺,却互不往来。卡玛承认很想念自己的祖国。每每谈起来,他整个人似乎都笼罩在一层淡淡的忧伤之中,如同披着一件大衣。

这一天,朱丽娅迟了两小时才回到工厂。为了不让奶奶太过担心,她说她的自行车爆胎了。

她没说实话:她的自行车没事,她的灵魂倒是被颠覆了。

萨 拉

加拿大,蒙特利尔

炸弹被引爆了。就在刚才,在这个有点笨拙的医生的科室。他不知道该怎么告诉他的病人这个消息。尽管他经验丰富,颇有资历,但他还是不习惯。也许是因为他太同情这些病人了,这些年轻或不怎么年轻的女人们。听到这个可怕的词之后,她们眼睁睁地看着自己的生活在短短的几分钟内变得面目全非。

乳腺癌易感基因 2。萨拉后来才认识这个词,一个突变的基因。阿什肯纳兹①犹太妇女的诅咒。好像她们的诅咒还不够多似的,萨拉想。历史上已经有沙

---

① 阿什肯兹犹太人,指的是源于中世纪德国莱茵河两岸地区的犹太人后裔。

皇时代对犹太人的集体迫害和纳粹的大屠杀。为什么又是她们?她后来读了一篇医学报道,上面白纸黑字地写着:阿什肯纳兹犹太妇女得乳腺癌的概率为四十分之一,而全球平均值为五百分之一。这是一个被科学证明的事实。还有更严重的因素:直系亲属中有癌症患者,双胎妊娠……所有的征兆都在那儿,萨拉后来想,显而易见。她却没能看出来。或者说不想看出来。

在她面前的这个医生有着杂乱的黑色眉毛。萨拉没法将眼睛从上面移开;多么奇怪,这个她不认识的男人正在跟她讨论她片子上的肿瘤,有橘子那么大,他说得那么仔细,但是她没法集中精力去听他说了什么。她好像只能看到他那棕黑色的、乱蓬蓬的眉毛,活像一块被野兽占据的土地;还有几根毛发从他的耳朵里跑出来。哪怕是几个月后,每当萨拉想起这一天,脑海里第一个跳出来的场景仍是这个告诉自己得了癌症的医生的眉毛。

当然,他没用这个词,没人会直接把这个词给说出来。这是一个需要透过淹没它的层层迂回说法、医学术语去猜的字眼。似乎这是一种羞辱,一种禁忌和诅咒。然而,事情就是这样。

他说,有一个橘子那么大。是了。就是这个。萨拉已经极力推迟这次诊断,极力否认那阵阵刺痛和极度疲惫。每当这个念头冒出来的时候,每当她本可以,或者说本应该想起来的时候,萨拉就会将它驱逐出去。但是今天必须面对它了。就在那儿,它确实存在。

一个橘子,个头巨大又不值一提,萨拉想。她不禁想到,这场病真是打了她个措手不及,在她最不希望的时候出现了。这真是个阴险又狡诈的肿瘤,在黑暗中无声地策划它的进攻。

萨拉听医生说着,看着他的嘴巴在动,但是他的话并没有触动她,好像她和它们之间隔着一层厚厚的棉花,好像说到底,此事与她毫无关系。如果是哪个亲朋好友,她可能会担忧、害怕、崩溃。奇怪的是,当这件事发生在自己身上时,她好像没什么感觉。她虽然在听,但是一点也不相信,就好像医生说的是另一个人,一个和她毫不相干的人。

诊断结束之后,医生问她有没有什么问题。萨拉摇了摇头,朝他笑了笑。她在所有场合都挂着这个招牌笑容,这个意味着无须担心,一切都好的笑容。这自然是个假象,在这张面具后面,堆积着她的忧伤、怀疑和焦虑——老实说,那里是一个凌乱的情绪集市,表面上却滴水不漏。萨拉的笑容是那么自然,优雅,完美。

她没问医生治愈的希望有多大,她不想把自己的未来简化成几个统计数据。有些人想知道,但是她不想。她不想让这些数字跑到她的潜意识里,在她的想象中干预她,它们会扩散,就像癌症本身,会破坏她的意志、自信和康复。

坐在回事务所的出租车上,萨拉对现状做了一个分析。她是一名战士。她要战斗。萨拉·柯恩会像处理所有事情一样处理这件事。她这样一个几乎从无败绩的人是不会被一个小小的橘子给困住的,无论它有多狡猾。在这场"萨拉·柯恩 vs M"的对决中——以后这就是它的代号了,双方都会进攻、反击,也许还会使用不正当手段。萨拉知道,对手是不会轻易认输的,这个恶毒的橘子,肯定是她所遇到的对手中最诡计多端的。这是一场持久战,一场精神战,一连串希望、怀疑以及其他让她觉得自己被打败了的情绪。无论如何都要挺住。萨拉知道,这种战斗要靠耐力取胜。

就像研读案例一样,她制定了一份与病魔斗争的大纲。她什么都不会说。对谁也不说。事务所不会有人知道这件事。这无疑是一条爆炸性的新闻。如果她的团队知道了,更糟的是如果她的客户知道了,他们就会产生不必要的担心。萨拉可是事务所的顶梁柱之一,她必须挺住,不然整个事务所都会倾斜。而且,她不想要别人的同情和怜悯。没错,她是病了,但是这并不意味着她的生活就应该改变。为了不引起怀疑,她必须好好安排,在记事本上用一些密码来表示去医院复诊的时间,也要找一些恰当的理由请假。必须要有创造性,有条不紊,狡黠。就像间谍小说中的女主人公,萨拉要打一场地下战。她会让疾病保持匿名状态,就像人们掩饰婚外情那样。她知道怎么分隔她的生活,她已经这样过了很多年。她会继续砌那堵墙,砌得更高一些,再高一些。既然她能成功掩饰自己的两次怀孕,肯定也能瞒住她身患癌症的事。就当是她秘密抚养的私生子,没人会知道他的存在。不可告人,无形无影。

回到事务所,萨拉马上投入工作之中。她偷偷地打量着同事们的反应,他们的眼神,他们的声音起伏。她发现没人觉察到什么,松了一口气。不,她的脑门上没有刻着"癌症"两个字,没人会知道她生病了。

内心深处的她已经裂成了碎片,但是无人知晓。

斯 密 塔

印度,北方邦,巴德拉普尔

离开。

这个念头对斯密塔来说,就像上天的旨意,不可抗拒。必须离开村子。

拉丽塔不会再去学校了,老师在她拒绝扫地后当着全班学生的面打了她。毫无疑问,要是继续留在这里,过不了几年,这些孩子就会变成农民,而她则会为他们掏粪。斯密塔绝不会让这种事情发生。她曾经听邻村诊所的医生说过一句甘地的话:"没有人应该用手去接触人的粪便。"尽管圣雄认为"不可接触者"这一身份违背了宪法和人权,也宣布其非法,但是至今情况没有得到任何改善。大部分达利特人仍毫不反抗地接受了他们的命运。一些达利特人为了逃避种姓制度,效仿他们的精神领袖安贝德卡尔①,皈依了佛教。斯密塔听说过那些大型的集体仪式;成千上万的人聚集在一起,皈依佛门。为了遏制这种会削弱当局权力的运动,政府专门出台了一些反对改宗的法律。那些想改变宗教信仰的人必须事先获得准许,否则就会吃官司,多么讽刺:这不就如同向狱卒申请越狱吗?

可斯密塔不能这么做。她太不舍这些祖祖辈辈信奉的神明们了。她尤为相信毗湿奴的保护。从她出生以来,无论白天黑夜,她都会向他祷告,向他倾诉她的梦想、怀疑和希望。抛弃他必定会非常痛苦,没有了毗湿奴,她的人生将会缺失一块,永远都无法弥补。她会比失去双亲时更像一个孤儿。相反,她对这个看着她长大的村子毫无眷恋。这片她一天又一天不知疲倦地打扫的肮脏土地什么都不曾给她,除了纳加拉简每晚带回来的那些皮包骨头的老鼠,那些可怜的战利品。

---

① 比姆拉奥·拉姆吉·安贝德卡尔(1893—1958),印度宪法之父,新佛教运动领导人,"不可接触者"的领袖。

离开这里,逃离这个地方。这是唯一的出路。

这天早上,斯密塔叫醒了纳加拉简。她一晚都没合眼,他倒是睡得很香。她总是羡慕丈夫能睡得那么沉。每天晚上,睡着的他就像一个不起一丝波澜的湖面,而她却总是辗转反侧。夜晚不仅没能把她从忧虑中解救出来,反倒让忧虑一再反射,形成了可怕的回响。黑暗中,一切都显得那样悲剧性,命中注定。她常常祈求这些恼人的想法能够停下来,给她一丝宁静。她有时整宿整宿地闭不上眼。在睡眠面前,人与人都是不平等的。看来,人与人之间永远不可能平等。

纳加拉简嘟囔着醒来。斯密塔把他从床上拽了起来。她已经想好了,必须离开村子。他们这一生已经没什么可期待的了,生活已经让他们一无所有。但是对拉丽塔来说还不算太晚,她的人生才刚刚开始。她还拥有一切,除了那些别人想从她身上夺走的,而斯密塔是不会让他们得逞的。

我妻子在胡言乱语,纳加拉简想,她肯定又一夜没睡。斯密塔显得很焦急:他们必须去城里,据说在那边有一些学校和大学专门给像他们一样的达利特人留了名额。在那边,拉丽塔还有机会。纳加拉简摇了摇头,城市就是一种妄想,一个虚幻的梦。那里的达利特人连个遮风避雨的地方都没有,只能挤在路边,或者住在城市郊区边缘拥挤的贫民窟里,就像脚上的疣。在这里,他们至少还有一个住的地方,还有东西可以吃。斯密塔听得火冒三丈:他们吃的是老鼠,捡的是屎!而在那边,他们可以找份工作,有尊严地活着。她已经准备好去面对挑战了,她很勇敢,也不怕吃苦,别人给什么活儿就干什么活儿,什么都比过现在这种日子强。她恳求他离开。为了她,为了他们,为了拉丽塔。

纳加拉简这下真的醒了。她是昏了头吗?!她觉得能这样轻易地支配自己的人生?他不得不提醒她那个不久前在村子里闹得沸沸扬扬的可怕事件。一个邻居家的女儿,和她一样是达利特,决定离开村子去城里读书。贾特人在她穿过田野逃跑时逮住了她。他们将她拖到一片无人的荒地,八个人把她轮奸了整整两天。当她回到家时,连路都走不稳了。这家人向管理村子事务的委员会"潘查亚特"报了案。可是,委员会也在贾特人手上。委员里既没有女人,也没有达利特,按道理来说,这都是该有的。委员会的每一项决定都具有法律效力,即使它本身就违背了印度宪法。这种平行的司法机构从未受到过异议。委员会本想用几个钱来换得他们撤诉,但是年轻女子拒绝接受这笔耻辱的钱。她的父亲一开始也支持她,可最终顶不住整个村子的压力,愤而自杀,留下了一个毫无经济来源的家庭,还让他的妻子变成了晦气的寡妇。她和孩子们被赶出了村子,被迫离家,最终落得个倒在路边的排水沟里的悲惨下场。

斯密塔当然知道这个故事。用不着他提醒。她知道在这里,在这个国家,被强奸的受害者反倒是罪人。这里的女人完全得不到任何尊重,更何况还是个不可接触的女人。他们强奸这些不配接触、不配直视的女人的时候倒是恬不知耻。惩罚一个欠债不还的男人的方法,就是强奸他的妻子。惩罚一个与已婚妇女有染的男人,就去强奸他的姐妹。强奸成了一个有力的武器,一个杀伤力极强的武器。甚至不断蔓延开来。最近,某个村委会的一项决定就闹得满城风雨。两个年轻的女人被判在大庭广众之下让人扒光衣服强奸,原因是她们的兄弟和一个高种姓的已婚妇女私奔了。这个判决还真被执行了。

纳加拉简试着让斯密塔恢复理智:逃跑会遭到残酷的报复!他们连拉丽塔都不会放过。一个女童的性命并不比她的更值钱。他们会把她们两个都强奸,然后吊死在树上。就像上个月邻村那两个年轻的达利特女人。斯密塔听过一组让她吓得发抖的数据:每年全国都有两百万女人被谋杀。两百万男性野蛮行为的受害者在人们的冷漠中死去。无人在意。全世界都抛弃了她们。

面对这样的暴力,这样的仇恨,她以为她是谁?她觉得她能逃得掉?她觉得自己比别人强?

这些毛骨悚然的论据没能动摇斯密塔的执念。他们今晚就出发。她会悄悄地准备好一切。先到离这里一百公里的圣城瓦拉纳西,然后再坐火车穿越整个印度去金奈,斯密塔娘家的表亲住在那儿,他们会帮忙的。金奈是个海滨城市,据说那儿有人为像她一样的清扫工建了一个捕鱼社团。那儿也有专门为达利特儿童开办的学校。拉丽塔可以学习读书写字。他们还能找份工作,再也不用靠吃老鼠维生。

纳加拉简盯着斯密塔,一脸怀疑:他们拿什么来付旅费?!他们的所有家当加起来也不够买火车票。为了让拉丽塔上学,他们存的那点钱都给了那个婆罗门,身上已分文不剩。斯密塔压低了声音。尽管长期失眠让她身心俱疲,但奇怪的是,此刻在这间昏暗的窝棚里,她却感到前所未有的振奋。得拿回那些钱。她知道它们在哪儿。一次,她在打扫时,看到婆罗门的妻子在厨房里整理他们的财物。她每天都去他们家,只要一小会儿就可以……纳加拉简这下彻底爆发了:她这到底是着了哪个阿修罗①的道儿?!她这个疯狂的计划会害了他们所有人!他宁可一辈子抓老鼠,宁可得狂犬病,也不愿意跟她一起发疯!要是斯密塔被抓住了,他们就都死定了,而且会死得非常惨。这个危险游戏不值得冒这么大的险。金奈和别的地方没什么不同,他们在那里也不会有什么希望。他们这一生已经没戏了,只能指望来世。要是这一世他们表现良好,下一次轮回可能会好过一些——纳加拉简暗地里很希望来世

---

① 印度神话中的魔鬼。——原注

成为一只老鼠,当然不是平常他在地里徒手捕来吃的那种挨饿的长毛鼠,而是靠近巴基斯坦边境代什诺盖的圣鼠庙里供奉的那些圣鼠。小时候,他的爸爸曾经带他去过一次。庙里的老鼠足足有两万只。因为被视为神明的化身,这些老鼠受到人们的保护和奉养。每天喝牛奶,还有专门照顾它们的僧侣;人们从各地赶来为它们献上供品。纳加拉简还记得他爸爸给他讲的一段有关卡尔尼玛塔女神的故事:女神的儿子死后,她向神明祈求让他复生,可他转世成了一只老鼠。这座神庙便是为了纪念这个失去的儿子而建。由于长期在田里捕鼠,纳加拉简竟对老鼠生出一股敬意,他们之间有了一种奇特的熟悉感。这有点像警察对那些自己追捕了一辈子的匪贼所产生的感情。说起来,这些老鼠和他一样,都在忍饥挨饿,都在挣扎求生。是啊,要是能投胎成为一只住在代什诺盖圣鼠庙里的老鼠该有多好,一辈子有喝不完的牛奶。这个念头往往能让劳累一天的他得到些许安慰,助他入眠。多么奇怪的摇篮曲,不过无所谓,这就是属于他的摇篮曲。

斯密塔可一点也不想等到来世。她要的是这一世,是当下,为了她和拉丽塔。她说起了库玛丽·玛雅瓦蒂①,那位登上国家权力机构顶层的达利特女人,她现在是全国最富有的女人。贱民也能当大官!他们说她出行坐的都是直升机。她没有弯下脊梁,也没有等待死亡将她从这一世中解放出来。她为了自己,也为了他们所有人,努力地奋斗过。纳加拉简听得越发来气,斯密塔明明知道,什么都没有变,这个以达利特人之名四处宣传而发家的女人现在和他们一点关系都没有。她抛弃了他们。她和他们,一个在天上,一个在屎尿里挣扎,这就是现实!没人能帮他们离开这里,离开这一世,跳出轮回,玛雅瓦蒂或是别的什么人都不行,只有死神才能解救他们。在此之前,他们都得待在这个从出生以来一直居住的村子。纳加拉简狠狠地甩下这几句尖锐的话,离开了窝棚。

好吧,斯密塔想。你要不走,我自己走。

---

① 库玛丽·玛雅瓦蒂(1956—),出身新德里的贫民区,连续四次当选印度北方邦首席部长,被称为"达利特女王",因生活奢侈引起争议。

朱 丽 娅

西西里,巴勒莫

现在,活着的人

都有同一个声音,同一条血脉。

现在,大地和天空

是同一种有力的震颤。

希望将其扭曲,

清晨将其惊扰,

你的脚步和你的呼吸,

如同晨曦将其浸没。①

现在,卡玛和朱丽娅每天都会见面。他们总是在

---

① 切萨雷·帕韦泽,《艰难之活/死神将要来临,取走你的眼睛》,诗集,伽利玛出版社,1979年。——原注

午饭的时候在图书馆碰面,之后再去海边走走。朱丽娅深深地被这个男人吸引了,他和她认识的男人——也就是西西里男人完全不一样,他既不风度翩翩,也不故作优雅,也许正是这一点让她着迷。她家里的男人都是威严、健谈、易怒和固执的,而卡玛正相反。

她从不确定是否还能遇见他。每天中午走进阅览室时,她都会用眼睛去搜寻他的身影。有时他在,有时他却没来。这种诱人的不确定性让朱丽娅的好奇心更甚。夜里,她常常会被腹部的骚动唤醒,这是一种新奇而美妙的感受。她反复地阅读帕韦泽的诗,只有他的文字才能稍微安抚她的思念。

一天中午,当他们在散步时,事情水到渠成地发生了。朱丽娅把他带到了比平常远一些的地方,两人走向一片游客罕至的沙滩。她想带他去看那个她偶尔过来读书的地方。这是一个没人知道的洞穴,她说;至少,她乐于这么想。

这个点的海湾一个人都没有。这个远离尘世的洞穴安静、潮湿又昏暗。朱丽娅解开了衣裙,一句话也没有说。裙子滑到了脚底。卡玛一动不动,像是面对一朵花,想伸手摘下,又怕会伤害它。朱丽娅向他伸出了手,这不仅仅是鼓励,更是一种邀请。他慢慢地解下他的头巾,松开了压着头发的发梳。他的头发像羊毛一样散开,直到腰际。朱丽娅感到一阵战栗,她从未见过头发如此之长的男人——在这里,只有女人才会留这样的长发。尽管如此,卡玛却一点都不女性化。她反倒觉得他那头乌黑发亮的长发使得他男子气概十足。他轻轻地吻着她,就像在吻一尊偶像的脚,仿佛碰一下都是冒犯。

朱丽娅从未有过这种体验。卡玛做爱的时候如同在祈祷一般,双眼紧闭,好像他的生命尽系于此。尽管双手因长年劳作而显得粗糙,他的身体却异常光滑,仿佛一支大大的画笔,轻轻一碰就让她震颤不已。

激情过后的二人久久相拥。在工厂里,女工们总是嘲笑那些一完事就倒头睡去的男人,但卡玛和他们不一样。他紧紧地抱着朱丽娅,如同抱着一件不愿放手的珍宝。她可以就这么待着,让自己火热的躯体贴着他的身体,白皙的肌肤挨着他黝黑光滑的皮肤。

从此以后,他们就改在这个海边的洞穴里见面了。卡玛夜间在合作社做事,朱丽娅白天在工厂干活,他们只能相约午后。午后欢爱,他们的拥抱如偷得之闲。整个西西里都在工作,办公室、银行、市场都在忙碌,但是他们不。这是属于他们的时光,他们肆意挥霍,数着彼此身上的痣,寻找伤疤,品尝每一寸肌肤。白天做爱不同于夜晚,在明晃晃的日光下探索一具躯体显得异常大胆和粗暴。

这种会面让朱丽娅觉得他们俩就像她小时候在夏日舞会上看到的塔兰泰拉①舞者:相遇、接触、远离,这就是他们关系的舞步,遵循着上班和下班、白天和夜晚的节奏。一种既令人失望又不乏浪漫的距离。

卡玛是一个神秘的人。朱丽娅对他知之甚少。他从不谈及以前的生活,那段为了来这里而不得不抛弃的生活。面对大海的景色,他偶尔会失神。他那件忧郁的大衣会再度显现,把他整个人笼罩起来。朱丽娅

---

① 塔兰泰拉,意大利南部民间舞蹈,节奏急促,动作丰富。

认为水即生命,是无限更新的快乐之源,情欲的一种表征。她喜欢游泳,喜欢水流过身体的感觉。一天,她曾尝试拉他去海里游泳,但是他拒绝入水。大海是一座坟墓,他说。朱丽娅不敢再问下去了。她不知道他经历过什么,也不知道水从他身上夺走过什么。也许有一天,他会告诉她的。也许不会。

他们之间既不谈过去,也不谈未来。朱丽娅没有期待过什么,除了那午后偷来的时光。只有当下是重要的,这一刻,他们的肉体交融,如同两块完美契合的拼图。

尽管绝口不提自己的身世,卡玛倒是很愿意谈论他的国家。朱丽娅可以一连几个小时听他讲。他就像一本摊开的书,为她讲述着一个奇妙的世界。闭上眼睛,她仿佛置身于一艘只有她一人的小船上。卡玛带她神游克什米尔的山、杰赫勒姆河的两岸、达尔湖和它上面的漂浮旅馆,还为她描绘秋日的红叶、繁茂的花园、喜马拉雅山下一望无际的郁金香。朱丽娅缠着他,她还想知道得更多。说呀,她催促着,再讲一些。卡玛还谈到了他的宗教和信仰,锡克教的行为准则。根据准则,锡克教徒不得剪发和剃须,也不得饮酒、抽烟、吃肉或耽于赌博。他还谈到他所信奉的神推崇正直而纯粹的生活,他是唯一的创世主,既不属于基督教,也不属于印度教或者其他什么教派,他是一,是万物。锡克人认为所有的宗教都可以归入其名下,所以所有的宗教都是值得尊重的。朱丽娅喜欢这个没有原罪观念的信仰,没有天堂也没有地狱——卡玛认为它们只存在于这个世界,朱丽娅十分认同。

他解释道,锡克教认为男女有着同质的灵魂,所以平等对待两性。女子也可以在庙宇唱诵赞歌,主持如受洗仪式之类的所有仪式。女性理应为她们在家庭和社会中扮演的角色而受到尊重。一个锡克人应该视别人的妻子为姐妹或母亲,视别人的女儿为自己的女儿。这种平等从他们的名字中就能窥见,锡克人的名字男女通用。只有族姓能将他们区分开来,男子皆以"辛格"为姓,意为雄狮;而女子则以"考尔"为姓,意为公主。

公主。

朱丽娅喜欢卡玛这么叫她。她越来越难以离开他去工作了。要是能整天都待在他身边就好了,她想。白天夜晚都在一起。她好像可以一生都待在这儿,和他做爱,听他说话。

但她知道她没有待在这儿的权利。卡玛和兰弗雷迪一家肤色不同,信仰不同。朱丽娅都能想象得到她母亲会说什么:一个黑皮肤的男人,还不是基督徒!她会招来各种闲言碎语,整个街区都会议论纷纷。

所以朱丽娅只能偷偷地爱着卡玛。他们的爱像地下活动,没有合法性。

她午休后回到工厂的时间越来越晚。奶奶已经察觉出什么了。她注意到她脸上的微笑和异常明亮的眼睛。朱丽娅借口每天去图书馆,可是回来时双颊绯红,气喘吁吁。一天下午,奶奶甚至看到她头巾下和头发里都粘着沙子……女工们问东问西:她找了个情人?是谁?是街区里的男孩吗?比她小还是比她大?朱丽娅一一否认,如同承认一般坚决。

可怜的吉诺,阿尔达感叹道,他的心就要碎了!这里所有人都知道街区理发店的老板吉诺·巴塔格里奥拉疯狂地爱着朱丽娅。他都追求她好几年了。每周他都会跑到工厂来卖他们店里剪下的头发，没事的时候也会特意跑来，就是为了和她打个招呼。这儿所有人都为此笑他。朱丽娅丝毫不为所动，但吉诺却一直没死心，还是跑得那么勤，怀里抱着满满的无花果蛋糕。大家都吃得很开心。

每晚收工后，朱丽娅都会去爸爸的病床前给他念书。她时常会因为自己在这场悲剧中还能这样生气勃勃而自责。她的身体震颤着，得到了从未有过的愉悦和满足，而父亲却正在为生命而搏斗。但是她离不开这种愉悦，为了能坚持下去，为了不被痛苦和疲惫打败。卡玛的肌肤像散发着芳香的油膏，是治愈忧伤的良药。她现在只想成为一具沉溺于欢愉的躯壳，这快感支撑着她，让她感觉自己还活着。她感觉自己正被兴奋和沮丧这两种极端的情感撕扯着，就像一个走钢丝的杂技演员，被风吹得摇摇欲坠。生命就是如此，有时会将最明亮和最黑暗的时刻拉近，她想。她在夺取的同时也在给予。

今天,妈妈交给朱丽娅一项任务,让她去父亲在工厂的办公室取一份文件。医院要求出示这份文件,但她找不到。我的上帝,怎么这么复杂!她哀叹道。朱丽娅无意拒绝,尽管她并不想走进那个房间。自从父亲出事以来,她再也没踏入过那个房间。她不想有谁碰父亲的东西。她一心想让他醒来后发现一切都没变,这样他就会知道大家都在等他。

她推开那个由放映室改造而成的办公室的门,等了一会儿才走进去。墙上挂着皮耶罗的照片,旁边则是他的父亲和祖父的照片。兰弗雷迪三代的照片都陈列在这里。在稍远一些的地方,则简单地钉着其他照片:婴儿时期的弗朗切斯卡,坐在维斯帕上的朱丽娅,领圣体的阿黛拉,穿着婚纱的妈妈,她脸上的笑容有点僵。还有教皇的照片,不是弗朗索瓦,而是最受爱戴的约翰·保罗二世。

房间还保持着车祸当天父亲早上离开时的模样。朱丽娅看着他的扶手椅,他的文件夹,他用来扔烟头的泥制烟灰缸。这个烟灰缸还是她小时候亲手给他做的礼物。没有了他,这个空间显得格外空虚,却又处处透着他的气息。办公桌上的记事本摊开着,停留在那个可怕的七月十四日。朱丽娅感到自己无力翻过这一页。父亲好像整个人突然出现在这里,在这本黑色皮质封面的魔力斯奇那记事本里,他的一部分就留在字里行间,留在墨迹之中,甚至页脚残留的那个小小的污迹里。在空气的每个微粒中,在家具的每个原子中,朱丽娅都能感受到他的存在。

就在那一瞬间,她想退回去,关上门。但是她没动。她答应妈妈要把那份文件带给她。她慢慢地打开第一个抽屉,然后是第二个。当她准备打开第三个在下面的抽屉时,朱丽娅惊讶地发现它上了锁。她突然有种不祥的预感。爸爸没什么秘密,兰弗雷迪家的人从不隐瞒什么……这个抽屉为什么要上锁?

一些疑问开始在她的脑海里盘旋。她的想象像脱了缰的野马一样奔驰。她的父亲难道有个秘密情人?一段不为人知的生活?是不是章鱼曾经把触手伸向他?……兰弗雷迪家的人从不玩这一套……如同蔽日黑云一般的不祥预感到底从何而来?

翻了一会儿之后,朱丽娅便找到了抽屉的钥匙,就放在妈妈送的烟盒中。朱丽娅哆嗦着:她有没有权利待在这儿?现在放弃还来得及……

她用颤抖的双手拧了拧钥匙。抽屉终于被打开了:里面关着一捆文件。朱丽娅一把拿了起来。

她脚下的大地随即塌陷。

萨 拉

加拿大,蒙特利尔

一开始,萨拉的计划实行得很好。

她请了两周的假去做手术。医生本来坚持需要三周的。先住院一周,然后再充分休息两周,萨拉硬是把后者缩短到一周。为了避免事务所的人产生怀疑,她不能请更多的假了。她已经有两年没有休假了,现在也不是孩子们放假的时间,谁会在十一月这个庭讯多如雪片的时刻请三周的假?

她没有告诉任何人,既没对同事讲,也没对家人讲。她对孩子们解释的是,她需要进行一项"治疗",为了不让他们担心,她又加上一句,"很轻松"。她把时间安排得很合理,刚好在这段时间内让双胞胎住在他们的父亲家,而汉娜住在她的父亲家。小姑娘一开始很不乐意,最后还是服从了她的安排。萨拉明确表示不让孩子们去医院看她,理由是儿童不准进入医院。她想,这只不过是一个小小的谎言,为的是减轻她心口的刺痛。她想保护他们,尽力避免他们去那个有着呛人气味的白色地狱。在医院里,她最讨厌的就是这种消毒水和漂白水混合的刺鼻味道,每每闻到都让她胃部一阵绞痛。她也不想让她的孩子们看到她脆弱不堪的样子。

特别是汉娜,她那么敏感。她会像微风中的树叶一样颤抖。萨拉很早就发现自己的女儿非常具有同情心。她很容易对别人的痛苦产生共鸣,进而感同身受。就像一种天赋,一种第六感。小时候,看到别的孩子受伤或被骂,她也会哭泣。连看个新闻报道或动画片,她都能哭。萨拉有时很担心,这种既能让她感到无比快乐又能让她感到万分痛苦的极度敏感的个性会把她变成什么样?她多么想告诉她:保护好自己,坚强点,这个世界很残酷,生活很艰难,别让自己受到影响、陷入其中,学会像他们一样自私、无情、不受干扰。

像我一样。

然而,她知道自己的女儿有着敏感的灵魂,她需要因材施教。所以不,她不能和她说实话。汉娜已经十二岁了,知道癌症意味着什么。她很可能猜得出这场战争不会轻易取得胜利。萨拉不想让她也背上这个包袱,这种和疾病相伴的焦虑。

自然,她不可能永远隐瞒下去。孩子们最后肯定会问的。到时候她也得说实话,跟他们解释。越晚越好,萨拉想。也许向后退才能跳得更远。无论如何,这就是她处理事情的方法。

她也没跟自己的父亲和兄弟说。二十年前,她的母亲就是因为这个病去世的。她不想让他们再经历一次那样的挣扎,那些像过山车一样的情绪起伏:希望,绝望,缓解,复发,她太了解这些词的含义了。她要默默地独自斗争,她相信自己足够强大,能够应付。

事务所没人发现什么。伊奈斯只是察觉到她有点累——您的脸色很苍白。当萨拉结束休假回来时,她说道。好在现在是冬天,每个人的身体都被衬衫、毛衣和大衣裹着。萨拉不再穿低胸的衣服,妆也化得比平常浓一些,略施小计,大家就都被瞒过去了。她还发明了一组巧妙的暗号用于记事:RDV H 代表着复诊;午餐 R 代表着她通常安排在中午十二点到两点之间的检查、取样和拍片,等等。她的同事们恐怕最终会怀疑她有了一个情人。老实说,这种想法让她很开心。她偶尔也会想着在午饭的时候和一个男人幽会……一个孤独的男人,在一座海滨城市……那么美妙……她的美梦到此为止,现实无情地将她带回医院,进行治疗和检查。事务所的青年律师们讨论得倒是很热烈:她今天又出去了……昨天下午也是……是啊,她关机了……萨拉·柯恩除了工作以外还有其他的生活?……她中午、早上、偶尔下午出去见的到底是谁?……是同事?合伙人?伊奈斯猜是个已婚男人,还有人觉得是个女人。不然,为什么要这么谨慎?萨拉丝毫没有动摇,依旧这样来回跑。她的计划看来实施得不错。

至少现在看来不错。

然而一个细节让她满盘皆输,就像那些犯罪故事里,凶手往往就栽在一个细节上。伊奈斯的妈妈病了。萨拉本该知道这件事的。仔细一想,去年她就听说了这个消息。萨拉向伊奈斯表示了遗憾之后,就没再想过此事,这条数据消失在她超负荷的大脑深处。谁又能怪她呢,她有那么多事要操心。要是她也花点时间在咖啡机前驻足,在走廊里走走,或者坐下来吃个午餐——她从来没有这样做过——她肯定会想起这条信息的。但是她与他人之间的交流仅限于要事和公事。不是她不屑或者对谁有敌意,而是没时间,没精力。萨拉从来不谈她的私生活,也从不打听别人的。每个人都有自己的秘密花园。要是换一个环境,换一种生活,她可能会建立一下同事之间的关系,搞不好还能交几个朋友。但是这份工作不行,除了工作以外没有其他空间。对她的合作伙伴,萨拉总是很有礼貌,但是从不亲近。

伊奈斯和她一样。她也很谨慎,从不提及自己的生活。萨拉喜欢这种品质。在伊奈斯身上,她仿佛看到了年轻时的自己。她亲自在年轻合伙律师的面试中挑选了她。伊奈斯没有辜负她的期望,她准确、勤奋、高效,是小组中最能干的。她会走得很远,萨拉有一天跟她说,只要她能抓住机会。

在这样的情况下,她怎么会知道伊奈斯偏偏就在这一天带她的妈妈去医院做检查?

在她的记事本上,萨拉写着 RDV H,H 代表的既不是男人(Homme),也不是财务部的亨利,更不是隔壁组年轻帅气、长得很像一个美国著名演员的哈伯特。H 指的其实就是萨拉的肿瘤医生哈达德,他可<u>丝毫没有</u>好莱坞范儿。

上周伊奈斯向她请一天假的时候,萨拉同意了。她隐约记着这事,但是后来就忘了——最近,她老是忘事,肯定是因为太累了。

不久,她们就会在医院肿瘤科的等待室相遇。双方的脸上都会露出诧异的表情。萨拉会半晌不出声。为了掩饰窘态,伊奈斯则会向她介绍她的母亲。

这是萨拉·柯恩,我们事务所的合伙人。
您好,女士!

萨拉也会保持礼节,不会显示出丝毫的慌乱。要不了多久,伊奈斯就会弄清她的老板为什么在一个工作日的下午,手拿 X 光片站在肿瘤科的走廊里。过不了一会儿,谎言就会被戳穿:什么暧昧关系、已婚男人、浪漫午餐、秘密约会、几个情人。萨拉的面具马上就要被揭开。

她徒劳地试图做点什么来挽回面子,谎称她是来看一个朋友的,结果走错了科室……她知道伊奈斯不傻。这姑娘很快就会解开谜题:上个月她请了十五天的假已经让很多人吃惊了,再加上紧接着一连串的外出约会,她那苍白的脸色,消瘦的身体,法庭上的昏厥,如此多的线索已经足以构成一条完整的证据链。

萨拉想消失,分解,像双胞胎喜爱的拥有不可思议的力量的超人一样飞走。但是太晚了。

她突然觉得很可笑,她为什么会被一个年轻的合作律师吓得发抖,好像被抓了现行一样?她得了癌症,又不是犯了什么罪。再说她有什么好向伊奈斯解释的,她又不欠她或者任何人什么。

为了打破这尴尬的沉寂,萨拉向年轻的姑娘和她的妈妈打了声招呼,然后故作镇定地走了。当她坐上出租车时,一个问题折磨着她:伊奈斯会怎么做?她会四处宣扬这个消息吗?萨拉很想回去,在走廊里追上伊奈斯,求她什么都别说。然而,她还是放弃了这个念头。这样做就等于向伊奈斯示弱,给了她凌驾于自己之上的权威。

她采取了另一个策略:明天,她一到办公室,就去找伊奈斯,让她参与现在最受关注的比尔古华案,为事务所最重要的客户打官司。参与这个案子就意味着升职,这个年轻的合作律师一定无法抗拒。她会受宠若惊,对萨拉感激不尽。更重要的是,这样她就不得不依附于她。这无疑是一种巧妙的让她闭嘴的手段,萨拉想,还能保证她的忠诚。伊奈斯很有野心,她应该知道说出去对她没有任何好处,反而会招来顶头上司的斥责。

得意于自己的新方案,萨拉离开了医院。这个方案近乎完美。

她只忘了一件事,这是多年的职场经验教给她的:与鲨鱼共游时,最好别流血。

我的作品进展缓慢,
宛若无声生长的森林。
我的工作如此挑剔,
万不可受外界干扰。

然而,我并不觉得孤单,
尽管困于这围墙内。

有时,我任由我的手指舞蹈,
思考着不属于我的人生,
未能涉足的旅途,
未曾遇见的脸庞。

我只是链上的一环,
无足轻重,但没关系,
对我来说,我的生命就在这里,
在我面前这三股紧绷的线里,
在我指尖起舞的头发中。

斯密塔

印度,北方邦,巴德拉普尔

纳加拉简睡着了。斯密塔躺在他身边,屏住了呼吸。他刚睡着时总是很容易被惊醒;她知道要想不吵醒他,还得再等等。

今晚就得走。她已做了决定,或者说生活替她做了决定。她原本没想这么快就实行她的计划,可是机会从天而降:因为牙疼,婆罗门的妻子这天一大早便不得不离开家去看医生。那时,斯密塔正在打扫他们家那个臭烘烘的茅坑。她看着她走出家门。她只有几秒钟做决定:这种机会不是天天都有的。她小心翼翼地溜进了厨房旁的储藏间,抬起米缸,这对夫妇的积蓄就藏在下面。这不是偷,她想,只是拿回他们欠我的——公平的回报。她只拿了送给婆罗门的那些钱,一个卢比都没多拿。从别人那里偷哪怕一分钱,不管他多富有,这种想法都有违她的原则。要是这么做了,毗湿奴会发怒的。斯密塔不是一个小偷,她宁可饿死也绝不去偷一个鸡蛋。

她把钱裹在纱丽里,匆忙跑回家。她慌乱地收拾了几件行李,只能拿最重要的,带不了太多。她和拉丽塔都很瘦弱,抗不了太多东西。几件衣裳和一些吃的,一点米和几张薄饼,都是趁着纳加拉简还在田里干活时匆忙准备的。她知道他肯定不会让她们走的。尽管他们再也没提起过这件事,可她知道他的态度。这样一来,她不得不等到晚上才能实行她的计划,一边祈祷在这段时间内婆罗门的妻子什么都别发现。一旦她发现丢了钱,斯密塔就危在旦夕了。

她跪在那供奉着毗湿奴的小小神龛前,祈求得到他的庇护。她祈求毗湿奴在这段漫长的旅途中能够眷顾她和她的女儿,保佑她们平安地步行、坐巴士、乘火车,辗转两千公里到达金奈。这是一段令人疲乏、危险又前途未卜的旅行。斯密塔感到身体中一股暖流穿过,仿佛突然间,她不再形单影只,仿佛千百万个"不可接触者"都跪在这个小小的神龛前,同她一起祈祷。她向毗湿奴发愿,要是她们能成功逃脱,要是婆罗门的妻子什么都没发现,要是贾特人没能抓住她们,要是她们能平安到达瓦拉纳西,坐上火车,最终活着到达南部,那么她们就会到蒂鲁帕蒂神庙去为他朝觐。斯密塔听说过这个神秘的地方,就在离金奈不到两百公里的蒂鲁马拉山上,是世界上最重要的朝圣之地。人们说,每年都有好几百万信徒去那里,向毗湿奴备受尊敬的化身之一——至尊文卡特斯瓦拉山神献祭。她知道,她的神明,这位保护之神是不会抛弃她们的。她拿起这尊她跪拜祈祷的小小四手彩色神像,悄悄地塞到她的纱丽里。有了他的陪伴,她不会遇到任何危险。仿佛突然间有件隐形大衣披到她的肩上,将她裹住,保护着她。有了它,斯密塔变得不可战胜。

村子已经完全没入黑暗。纳加拉简呼吸变得均匀,轻轻地打着鼾。他的鼾声不大,宛如小老虎蜷在妈妈肚子上发出的轻哼。斯密塔突然感到心里一酸。她是爱过这个男人的,也习惯了他那令人安心的陪伴。可是,她恨他的懦弱和用来掩饰他们的生活的宿命论。她多想和他一起走啊。然而,从他放弃斗争的那一刻起,她不再爱他了。爱情是会飞的,她想,走的时候和来的时候一样,有时只需要挥一挥翅膀。

掀开被子的那一刻,她感到一阵眩晕。这趟旅行是不是太荒唐了?要是她不那么具有反抗精神,不那么难以管教,要是她的肚子里没有那只扑腾的蝴蝶,她也许可以放弃,接受她的命运,就像纳加拉简和他们那些达利特兄弟,在毫无梦想的麻木之中安眠,等待天亮,就像等待死亡。

可她已没有退路。她拿了婆罗门米缸下的钱,没有回头路了。箭在弦上,不得不发。她必须奋不顾身地踏上这趟也许能让她远走,也许哪儿都去不了的旅行。她不怕死,也不怕苦——对于她自己而言,她什么也不怕,或者说不怎么怕。但对于拉丽塔,恰恰相反,她什么都怕。

我的女儿很坚强,她反复念叨着这句话自我安慰。从她出生的那天起,她就认识到这一点了。当村子里的助产士为刚出生的她做检查的时候,小娃儿咬了他一口。没牙的小嘴只在他的手上留下一道浅浅的印子,他被逗笑了。她以后肯定会是个有个性的姑娘,他说。没错,这个只有六岁,几乎不比一张板凳高的达利特小女孩就敢当着全班人的面,盯着婆罗门的眼睛说不。并不需要好的出身才能有勇气。这想法给了斯密塔力量。不,她绝不会把拉丽塔留给粪便,绝不让她陷入这该死的法。

她走到熟睡的女儿身边。儿童的睡眠真是奇迹,她想。拉丽塔睡得那么平静,以至于她觉得打扰她如同犯罪。她的神态是那么放松,和谐,可爱。睡着的时候,她仿佛更小,几乎像个婴儿。要是有可能,斯密塔绝不愿意大半夜的把女儿从睡梦中叫起来逃跑。小姑娘一点也不知道妈妈的计划,也不知道今晚她将最后一次见到自己的父亲。斯密塔很羡慕她的无知。一睡解千愁,她已经很久没有这种体验了。夜晚只会将她拖进无尽的深渊,像她打扫的粪便一般污黑。也许在那边,她的梦也会不一样?

拉丽塔抱着她唯一的娃娃熟睡着。这个娃娃是她五岁的生日礼物。这是个小小的、扎着红头巾的"土匪女王",按照普兰·黛维的样子做成的。斯密塔经常给她讲这个低种姓女人的故事。她十一岁就嫁了人,因勇于与命运抗争而闻名于世。作为一群土匪的头目,她保护那些受压迫的人,攻击那些肆意强奸自己领地上低种姓女人的富裕阶级。她劫富济贫的行为使她成为人民心中的女英雄,还被一些人当作战争女神杜尔迦的化身。后来,她被控犯有四十八条罪行,被逮捕并关押入狱。刑满释放后,她被选为政府议员。最终,她在街上被三名蒙面人谋杀。和这里所有的女孩一样,拉丽塔很喜欢这个在集市上随处可见的娃娃。

拉丽塔。
醒醒。
过来!

孩子从她专属的酣梦中醒来,睡眼惺忪地看着自己的母亲。

别出声。
穿好衣服。
快。

斯密塔帮着她穿衣。拉丽塔任由她摆弄,有些迷惑地看着她:大晚上的,这是要去哪儿?

一个惊喜,斯密塔轻轻地说。

她没有勇气告诉女儿她们要离开这里,再也不会回来。这是一张通往更好的生活的单程票,没法回头。斯密塔发誓,再也不过像在巴德拉普尔村这里地狱一般的生活。但是拉丽塔可能无法理解,她也许会哭,甚至会反抗。斯密塔不能冒险,所以只好撒了谎。这只是一个小小的谎言,她自我安慰道,是对现实的简单的美化。

离开之前,她看了纳加拉简最后一眼,她的小老虎还安心地睡着。她在他的身旁,她之前躺过的地方留下了一张纸条。这不是一封信——她不会写字,她只是把她在金奈的表亲的地址描了一遍。她们的离开也许能给纳加拉简他现在没有的勇气。也许他会鼓起勇气到那边去找她们。天知道。

看了窝棚最后一眼,看了这段她几乎毫不留恋的生活最后一眼,斯密塔牵起女儿冰凉的小手,奔向那漆黑的田野。

朱 丽 娅

西西里，巴勒莫

朱丽娅怎么也没想到事情会是这样。

抽屉里的东西都在这儿，摊开在她的面前，在爸爸的办公室里：法院的执行信，支付令，数不清的挂号信。现实狠狠地打了她一巴掌。她脑子里只有一个词：破产。工厂已资不抵债。兰弗雷迪公司破产了。

父亲什么也没说，从未向任何人提起这件事。仔细想想，只有那么一次，他曾经在谈话中暗示收集头发的传统正在慢慢消失。他说，饱受现代生活折磨的西西里人不再保留他们的头发了。这是事实，大家现在什么都不保留了；用旧了的东西就扔掉，再去买新的。朱丽娅还记得那次家庭聚餐时的谈话，当时他曾向围在一起的家人吐露,过不了多久,原材料就会短缺了。六十年代的时候,兰弗雷迪工厂在巴勒莫有十五个竞争对手。现在他们都关门了。父亲还得意扬扬地说自己是最后一个坚持下来的。朱丽娅早就知道工厂遇到了困难,但是完全没有想到它会这么快就濒临破产。在她心里,这绝无可能。

但是在事实面前,她不得不投降。从账面上看,最多还能维持一个月。没有头发,工人们就会面临技术失业。工厂也付不出薪水了。最后只能向法院递交资产负债表,关门。

这个念头让朱丽娅万念俱灰。几十年来,他们家都是靠工厂的收入过日子的。她想起了自己的母亲,她这个年纪已经不能再出去工作了。阿黛拉还在上高中。她的大姐弗朗切斯卡是个家庭妇女,她嫁给了一个挥霍无度的人,只会拿着他的薪水去赌——月底爸爸还得时常接济一下他们。要是工厂没了,他们怎么办?家里的房子已被抵押,一旦破产,他们所有的资产都会被冻结。至于那些女工,她们即将面临失业。这一行极其特别,西西里岛上已经没有其他类似的工厂了,不可能重新安置她们。这些她视若姐妹、同甘共苦的女人以后该怎么办?

她又想到了在医院昏迷不醒的爸爸。突然,她一愣。一个可怕的画面闪现在朱丽娅的脑海中:那天早上,父亲骑在维斯帕上,出门去收头发。她的父亲倍感绝望,走投无路,在蜿蜒的路上开得飞快,越来越快……她马上打消了这个该死的念头。不,他不会这么做的,他不会抛弃他的妻子、女儿、员工,任由她们无所依靠……皮耶罗·兰弗雷迪有着极强的荣誉感,他不是那种在困境面前退缩的人。然而朱丽娅也知道,这个祖传的小小工厂是他的骄傲,他的成功,他人生的意义。他能眼睁睁地看着他的员工被解雇,他的公司被清算,他一生的成就化为云烟吗?……尽管残酷,但怀疑一旦产生,便如同伤口上的坏疽一样迅速滋生。

船正在下沉,朱丽娅想。她自己、妈妈、姐妹和工厂的员工,所有人都在船上。就像歌诗达协和号①,没

---

① 歌诗达协和号是一艘豪华游轮,2012年1月13日在意大利海岸触礁搁浅,造成至少32人死亡。事后,船长和大副因疏忽、过失杀人、在乘客完全疏散前弃船等罪名被逮捕。

了船长,沉没是迟早的事。船上既没有救生艇,也没有救生圈,没有什么可以救她们。

主车间里女工们的交谈声将她从繁杂的思绪中拉了回来。她们一如往常,仍在上工前谈论着那些有的没的。突然,朱丽娅开始羡慕她们的轻松自在——她们还不知道等待她们的是什么。她像合上棺盖一样缓缓地关上抽屉,上了锁。她现在没心情和她们聊天,也不想对她们撒谎。她没办法装作什么也没发生,坐在她们旁边开始工作。于是,她逃到了屋顶的实验室。她像父亲一样,面朝大海坐着。他可以在这儿一坐好几个小时,看着大海。他说大海是他永远不会厌倦的风景。现在朱丽娅一个人坐在这儿,而大海对她的忧愁无动于衷。

中午,她跑到平日与卡玛幽会的洞穴里和他见面。她什么也没说。她只想把忧愁沉溺在他的肌肤中。他们做爱,世界突然变得不那么残酷了。卡玛看着她哭,什么也没说,只是抱着她。他们的吻有着海水咸咸的味道。

晚上,朱丽娅回到家,借口头疼,上楼把自己锁在了房间里,倒在床上。

这天夜里,她的梦里充斥着各种乱七八糟的景象:父亲的工厂四分五裂,房子已被变卖、空荡荡的,母亲惊慌失措,女工们流落街头,收来的头发四处飘散、被扔进大海,而波涛汹涌的海上满是头发……朱丽娅辗转反侧,她不愿去想,但是这些画面不断涌现在她的脑海里,就像一个怎么也醒不过来的噩梦,一张她非听不可的播放着恐怖音乐的唱片。晨曦终于解除了她的痛苦。她起来时感觉像是根本就没有睡,不仅恶心,还头疼得厉害。她的双脚冰凉,耳膜也嗡嗡作响。

她浑浑噩噩地走进浴室,希望一个热水或冷水澡能让她摆脱这场噩梦,让她疲惫的身体得到一丝缓解。可她刚靠近浴缸,就停住了。

浴缸底部有只蜘蛛。

这是只很小的蜘蛛,身体修长,爪子纤细,像是针钩的花边。它大概是沿着水管爬过来的,然后在上了釉的表面一滑,掉了下去,困在这没有出路的白色庞然大物里了。起初,它可能也挣扎了一番,试图从滑溜溜的内壁往上爬,可它纤细的爪子抓不稳,反倒掉到最下面去了。它最终发现反抗是徒劳的,于是便放弃了,一动不动地等待命运降临,或者等待另一条出路。是哪一种呢?

朱丽娅哭了起来。倒不全是被白色浴缸上的黑蜘蛛吓哭的——她确实很怕这吓人的生物,它们让她瞬间感到恶心和无法抑制的恐惧——更多的是因为这只蜘蛛认命了,就像她一样,被困在一个永远也无法摆脱的陷阱里,没人可以救它出来。

她想逃回床上藏起来,再也不出去。就这么消失该有多好,这念头实在诱人。她不知道该拿这份忧伤怎么办,这股巨浪快要把她淹没了。小时候,有一次,一家人在圣维托洛卡波①游泳时,她差点溺水而亡。那天,往常风平浪静的海面突然变得波涛汹涌。一个

---

① 圣维托洛卡波,意大利西西里岛上的一个市镇,北部拥有众多海滩。

突如其来的大浪将她吞没,她被卷入了海浪里,与世隔绝了好几秒钟。她还记得,那时她的嘴里灌满了沙子和碎石。在那一瞬间,天地混沌,周遭的一切都变得模糊。海浪将她拉向深渊,就像有人抓着她的脚。伴随着坠落和意外,她的意识开始蒙眬,在这段现实比意识进展更快的时间里,她觉得自己再也浮不上来了,这次她死定了。就在她快要放弃的时候,父亲的手紧紧抓住了她,将她拽回海面。她回过神来,惊魂未定。她还活着。

可惜那个海浪,看不到她又浮上来了。

命运总是跟兰弗雷迪家作对,朱丽娅想。就像意大利中心同一个地方反复发生的地震。

父亲的车祸已经让他们无力招架。
工厂的倒闭将会给他们致命的一击。

萨 拉

加拿大,蒙特利尔

萨拉感觉到了,事务所里有什么东西变了。一种细微、无法定义、几乎难以察觉的变化,不过确实存在。

首先是眼神,和她问好时声调的转变,有点过于急切地打听她的消息或恰恰相反,什么都不问的态度。接下来就是略显尴尬的语气,一种特殊的打量她的方式。有些人拼命假笑,有些人则支吾搪塞。总之,所有人都很不自然。

起初,萨拉还在想他们是被什么苍蝇给叮了。难道是她的衣服有什么问题,她忽略什么细节了?可她的穿戴还是一如既往地整整齐齐。她还记得小时候,有一天一位女教师拿着个垃圾袋来上课。她很自然地把垃圾袋放在办公桌上,才发现她出门时把自己的手提包扔到垃圾箱里去了。她毫无察觉地跑了一路。自然,学生们都笑得前仰后合。

可是今天,萨拉的着装毫无瑕疵——她在洗手间的镜子前检查了很长时间,除了脸色有点疲倦,她连消瘦的身体都掩饰得很好,应该没人看得出她的不适才对。所以这种她从未在人际关系中体验过的保留态度从何而来?几天以来,一种奇怪的距离悄无声息地出现了,一种并非因她而起的距离。

而仅仅因为秘书的一句话,只需一句,萨拉就明白了。

我很遗憾。她对她低声说,用悲伤的眼神看着她。那一瞬间,仅仅是一瞬间,萨拉还在想她在说什么;难道是发生了什么自然灾害,或者恐怖袭击,而她还不知道?哪里下了一场意外的暴雨,发生了什么事故,还是谁死了?她很快就意识到说的是她自己。没错,她就是那个受害者、伤员,那个让大家表示哀悼的人。

萨拉一下子目瞪口呆。

要是连秘书都知道,那就所有的人都知道了。

伊奈斯告诉别人了。她打破了她们之间的协议,这么快,毫无征兆。她就这么把她的秘密给泄露出去了。这个消息就像落在炸药上的火星,在事务所里迅速传开,沿着走廊,占领了办公室,蔓延至会议室、自助餐厅,直到顶层手握大权的约翰逊那里。

就是这个萨拉信赖的伊奈斯,这个她亲手挑选、招聘进来的伊奈斯,每天朝她微笑,和她一起共事,这个她置于羽翼下保护的伊奈斯,对,就是这个伊奈斯,用最卑鄙的手段捅了她一刀。

你也在,我的儿。①

她把这个秘密告诉了最有可能到处去宣扬的人,那个合伙人中嫉妒心最强、最有野心、最厌恶女人的加里·库斯特,他从萨拉一来就对她怀有刻骨的仇恨。她是为了事务所的利益着想,那个叛徒装作伤心地说,对不起。萨拉才不信她会觉得对不起。她早该防着她

---

① 原文为拉丁语,是恺撒遇刺时对人群中的布鲁图说的话。

的。伊奈斯是个敏锐的人,说得好听点她那种个性叫圆滑,说得不好听就是虚伪。再说得直白点:她就是棵墙头草,意思是:毫不顾忌地使用卑鄙的手段。没错,伊奈斯会走得很远,萨拉曾经说过,只要她能抓住机会。

伊奈斯跑去找库斯特说,萨拉在和她一起处理比尔古华案的资料时犯了几个错误,这可关系到事务所未来发展的经济命脉,为求问心无愧,她才来向他报告。不过鉴于她的身体状况,这几个失误也无可厚非。

萨拉可没有任何失误。诚然,从开始接受治疗以来,她发现自己有点难以集中注意力,专注力也有所下降。有时她在会谈中会忘记几个细节,一个名字,一个术语之类的。但是这些完全没有影响她的工作质量。她从不爽约,也没有错过任何一场会议。她知道自己有些衰弱,为了不显露出来,她加倍地努力,弥补回来了。什么失误、错误,她一点都没有犯过。伊奈斯对此心知肚明。

所以为什么?为什么要背叛她?萨拉明白得太晚了,这个念头让她不寒而栗:伊奈斯盯上了她合伙人的身份,想要取而代之。事务所升职的机会很有限,年轻的律师想要晋升并不容易。一个虚弱的合伙人为他们打开了一扇门,这是不容错过的机会。

库斯特也一样,他向来嫉妒萨拉和约翰逊之间的信任关系。她很有可能被他任命为下一个管理合伙人。除非有什么能阻挠她的升迁……加里·库斯特已经可以看到自己坐在那张至高无上的椅子上了。这样费时、危险、恶性的疾病缠上了您,使您衰弱,还可能反复发作,这是个多么理想的打倒敌人的武器。库斯特的手上连一滴血都不会沾,完美的犯罪。就像下棋,一个棋子倒下,后面的所有棋子都可以前进一步。而这个棋子就是萨拉。

仅仅需要一个词被一只别有用心的耳朵听见,罪恶就完成了。

毫无疑问,现在所有人都知道萨拉·柯恩病了。

生病就意味着脆弱、容易受伤,很有可能会放弃一份资料,不能完全投入到案件中,还可能需要请长假。

生病还意味着不那么可靠,我们不能完全信赖这个人。更糟的是,这个人搞不好会在一个月或一年之内突然就死了,谁知道呢?有一天,萨拉在走廊里听到有人小声说着这句可怕的话:是的,谁知道呢?

生病比怀孕更糟。至少,我们知道孕期什么时候结束。而癌症可说不好,不一定哪天就复发了。它就像达摩克利斯之剑一样悬在你的头顶,像一块乌云对你紧追不舍。

萨拉知道,一个律师必须聪明,有竞争力,有攻击性。他必须能安抚、说服和引诱别人。在像约翰逊&洛克伍德这样的大型事务所里,谈的动不动就是涉及百万的大案子。她都可以想象之后所有人都会问的问题:我们还能继续相信她吗?还能让她接手那些重要的、需要好几年的案子吗?当需要她辩护的时候,她还能不能出庭?

她还能通宵达旦、周末加班吗?她还有那个力气吗?

约翰逊叫她去顶层的办公室谈话了。他看起来很失望。他更愿意她来找他,亲口告诉他这个消息。他们一直相互信任，为什么她什么都没跟他说？萨拉第一次发现，他的语气让她很不快。他在她面前采取的这种高傲的、伪家长式的语气让她恶心，仔细一想，其实他一直都这样。她很想说，这是她的身体，她的健康，为什么非让他知道不可？如果说她还剩下那么点自由的话，那就是对此事闭口不谈。她很想对他说，让他和他那副假惺惺的样子见鬼去吧。她很清楚他在烦什么：既不是她现在身体怎么样，也不是她感觉如何，甚至不是她一年以后是不是还活着，他唯一关心的就是她还能不能像往常一样处理那些该死的案子。一句话：她还能不能干活。

当然，这些话萨拉一句都没说。她保持着冷静。为了让约翰逊安心，她镇定地保证她绝不会请长假。她甚至都不会请假。她会一直在这里，也许生着病，但会一直工作，完成她的任务，跟进她的案子。

听着自己说话，她突然有种站在法庭上被审判的奇怪的感觉。好像她站在法官面前，拼命寻找证据，为自己辩护。但是辩护什么？！她犯了什么罪？！她做错了什么？她需要澄清些什么？

回到办公室,她试图说服自己,一切都不会变的。然而在内心深处,她知道这是白费力气,约翰逊已经开始了对她的预审。

这时,她才明白,原来真正的敌人不一定是她想的那个。

斯 密 塔

印度，北方邦

斯密塔拉着拉丽塔的小手穿过沉睡的田野逃亡。她没有时间和女儿说话，向她解释这将会是她永生难忘的一刻，因为在这一刻，她选择并改变了她们命运的轨迹。她们悄无声息地跑着，生怕被贾特人察觉。斯密塔希望当他们醒来的时候，她们已经跑得足够远。一秒钟都不能耽搁。

快点！

她们必须赶紧跑到大路上。斯密塔早就把她的自行车和一个装着干粮的小纸盒藏在了路边的灌木丛里。她祈祷它们还没被人偷走。还要赶好几公里的路才能到56号国道，在那儿坐上去瓦拉纳西的车。那班著名的绿白相间的公共汽车,花几个卢比就能乘坐。尽管那班车既不舒适,也不安全——开夜车的司机经常注射印度大麻——但便宜就是王道。她们离圣城不到一百多公里了。到了那里之后,只要找到火车站,她们就能去金奈。

晨曦开始投下第一缕光芒。在大路上,已有不少卡车响着喇叭呼啸而过。拉丽塔吓得如树叶般瑟瑟发抖。斯密塔知道她害怕,毕竟,小姑娘从来没有到过离村子这么远的地方。路的那一边,是未知而危险的世界。

斯密塔拨开盖在自行车上的树枝:车还在。可是,离得稍远的地方,她准备的饭盒却被咬得七零八碎,散落一地——肯定是一条狗或饥饿的老鼠们干的。干粮已经被吃得所剩无几……只能饿着肚子赶路了,别无他法。斯密塔这会儿可没时间再去弄吃的。婆罗门的妻子很快就会抬起米缸,拿钱去市场。她会不会立刻就怀疑是她?她会不会告诉她的丈夫?他们会不会跑来抓她?纳加拉简应该已经发现她们不见了。不行,她们现在没有时间去找吃的,必须马上走。好在装水的瓶子还完好无损——至少她们还能拿白水当早餐。

斯密塔把拉丽塔放在自行车的后座上,骑上了车。小姑娘用手紧紧地搂着她的腰,像只受惊的壁虎——那种居民区里随处可见的绿色壁虎,孩子们都很喜欢。斯密塔不想让她发现她也在发抖。狭窄的公路上挤满了塔塔牌卡车①,它们一辆辆地从她们身边经过,发出震耳欲聋的轰隆声。这里没有任何规则,最强的说了算。斯密塔颤抖着,紧紧抓着车把以免摔倒——在这里摔倒可不是闹着玩的。再努力一下,她们就能到达连接勒克瑙②和瓦拉纳西的56号国道了。

她们此刻坐在路边。斯密塔拿块布擦了擦自己和女儿的脸。她们身上已经落满了灰尘。已经等了两个小时了,这车今天到底还来不来?这里的时刻表难以捉摸,可以说完全靠不住。等到车终于来了,人群便蜂拥而上。车上本来就已经满员了,上车可谓异常艰难。有些人宁可爬到车顶上,抓着扶手,全程露天旅行。斯密

---

① 塔塔汽车公司是印度最大的综合性汽车公司、商用车生产商。
② 勒克瑙,印度北方邦的首府。

塔紧紧拉着拉丽塔的手,勉强把她塞进了车厢里。她给她们俩在最后面的横座上占了半个位子,这就足够了。这会儿,她正试图拨开人群往回走,拿上她丢在外面的自行车。这是个非常危险的行为。十几个人挤在过道上,一些人无处可坐,另一些人则骂骂咧咧。一个女人随身带了几只鸡,这惹火了她的一个邻座。突然,拉丽塔指着窗外的自行车叫了起来:一个男人跨上自行车,飞快地骑走了。斯密塔脸都白了:要是去追他,搞不好就赶不上车了。司机刚点了火,马达已经发动了。她不得不回到自己的座位上,心如死灰地看着她之前买的那堆废铁消失在眼前。她本想把它卖了换点吃的。

汽车摇晃起来。为了不错过外面的风景,拉丽塔把脸贴在后车窗上。突然,她开心地叫了声:

爸爸!

斯密塔一惊,转过身来:纳加拉简的身影出现在马路上。他正朝着已经开动的汽车的方向奔来。斯密塔感觉她的力气一下子消失了。她的丈夫正向她们奔来,脸上带着一种难以言喻的表情:遗憾、惊恐、温柔,还是愤怒？可是他马上就被加速的车甩开了。拉丽塔哭了起来，狠狠地敲打着窗户，回过头向她的母亲求助。

妈妈，叫他们停车！

然而斯密塔知道，车是不会停的。别说她根本挤不到司机旁边去，就算她能挤过去，司机大概也会拒绝减速或停车——搞不好还会赶她们下车。她不能冒这个险。纳加拉简还在徒劳地狂奔，他的身影变得越来越小，没过多久便成了她们身后小小的一点。拉丽塔哭得很伤心。最终她的爸爸在她们的视野中消失了。也许就是永远。小姑娘把头埋在了妈妈的肩上。

别哭。
他会到那边去找我们的。

斯密塔竭力让自己的声音显得具有说服力，就像在劝自己相信这种假设。然而这希望实在太过渺茫。她琢磨着还要放弃什么才能完成这趟旅行。她一边安慰着泪流满面的女儿，一边抚摸着纱丽下的毗湿奴神像。一切都会好的,她自我安慰道。她们的旅途充满艰辛,但毗湿奴就在她们身边。

拉丽塔睡着了。她脸上的泪水已经干了,留下几道白乎乎的印子。透过脏兮兮的玻璃,斯密塔看着窗外飞驰的景色:路的两侧是临时搭建的窝棚、田野、加油站、学校、卡车架、百年老树下的椅子、临时集市、坐在地上的小商贩、出租最新款轻便摩托车的人、湖、仓库、破败的寺庙、广告牌、头顶草篮身穿纱丽的女人们、拖拉机。她觉得,整个印度都在这里了,就在这条路边,处于一种无名的混乱之中。古老和现代、纯粹和不洁、世俗和神圣不加区别地混杂在一起。

一辆出了故障的卡车堵塞了交通,使得她们整整晚了三个小时才到瓦拉纳西。一到公交总站,这班车立马将车上车下的男女老少、行李、家禽以及旅客们千方百计塞进去的东西一股脑都给吐了出来。里面居然还有一头山羊。拉丽塔看着一个男人把它从车顶拉下来,瞪大了眼睛,弄不懂他是怎么把它给弄上去的。

一下车,斯密塔和女儿就被这座城市的活力给震惊了。路上到处都是巴士、小汽车、人力车,以及挤满朝圣者的卡车,它们拥挤着,开往恒河和金庙。瓦拉纳西是全世界最古老的城市之一。人们到这里来净化、冥想、结婚,也到这里来火葬亲朋好友的尸体,有时甚至特意到这里等待死亡。在河坛上,在这些铺满通向当地人称作恒河母亲的台阶的河堤上,无论白天黑夜,生死交替进行,如同一场永不落幕的芭蕾。

拉丽塔从未见过这般景象。斯密塔经常跟她说起这座城市。小时候,她的父母曾带她来过这个朝圣之地。他们一起完成了潘恰提锡朝圣礼,这是一项需要朝圣者按照固定顺序在圣河五个不同地点沐浴的仪式。按照习俗,他们以去金庙祈福完成了这次旅行。那时,斯密塔跟着自己的父母兄弟,任由他们领着走。这次旅行给她留下了极深的印象,经年不忘。尤其是玛尼卡尼卡河坛,火葬死者的地点之一,让她记忆深刻。她还记得一个着火的柴堆,上面躺着一具老妇的尸体。按照传统,她的遗体会先在恒河中洗净,擦干之后进行火葬。斯密塔惊恐地看着初生的火苗触碰她的尸体,接着大火很快便在地狱般的噼啪声中将其吞噬。奇怪的是,逝者的亲属似乎并不伤心,他们几乎是愉悦地看着他们的长辈得以从轮回中解脱,她自由了。一些人聊着天,另一些人玩着牌,还有一些人甚至在笑。身穿白衣的达利特们不分昼夜地在那儿干活——像火葬这种不洁的任务,自然归他们。他们还得从船上搬运成吨的木柴到河坛上,以保证有足够的柴堆用来火葬。斯密塔还记得河岸边那堆积如山等待搬运的木柴。而就在离那里几米远的地方,一群牛正在河中饮水,毫不在意河岸边发生的一切。更远一些的地方,男女老少们正在沐浴——传统是从头到脚浸入恒河,以获得净化。有些人正在张灯结彩地举行婚礼,宗教和世俗歌曲此起彼伏。有些人就在河里洗碗,甚至洗衣服。有些地方,水色暗黑,河面上漂浮着鲜花、油灯和祭品,还有动物的残骸,甚至亡者的遗骨。火葬之后,死者的骨灰应根据礼仪撒入恒河。然而,很多负担不起完整火葬仪式的家庭不得不把烧了一半的死者,甚至整具尸体丢到河中。

今天,没人领着斯密塔。要不是跟在她身后的女儿,她连个能安心牵手的人都没有。她们孤单地走在一群陌生的朝圣者中,寻找着自己的道路。火车站在市中心,离她们下车的地方还很远。

一路上,拉丽塔显得很兴奋,盯着商店橱窗里一个比一个新奇的事物瞧个不停。这里有个吸尘器,那里有个榨汁机,还有浴室、洗脸池、某种厕所。拉丽塔从未见过这些东西。斯密塔叹了口气,她本想走快些,可孩子的好奇心减慢了她们的速度。她们还碰到了一队手拉手、身穿褐色校服的小学生。斯密塔捕捉到女儿流连在他们身上的羡慕的眼神。

终于,瓦拉纳西枢纽火车站出现在她们面前。站前广场上人头攒动——这是整个国家最为繁忙的火车站之一。大厅里,一大群人向售票处涌去。到处都是站着、坐着、躺着的男人、女人、小孩。他们都在耐心地等着,一连几个小时,有时甚至几天。

斯密塔一边躲开黄牛,一边努力地挤出一条路。这些人要么趁乱,要么利用旅客的无知,提供一些没用的建议,敲诈几个钱。斯密塔终于挤进了四条正在等待的队伍中的一条。每条队伍都至少有上百人,必须有足够的耐心。拉丽塔露出疲态,她们饿着肚子赶了一天的路,仅仅走了一百来公里。斯密塔知道,更艰巨的旅途还在等着她们。

夜幕降临时,她终于排到了窗口前。一听到她要买两张当天去金奈的票,售票员露出了惊讶的表情。车票得提前好几天预订,他说。火车总会在最后一刻满员的,难道她没预订?……一想到她们要在这里过夜,这个她举目无亲的圣城,斯密塔就感到一阵无力。她从婆罗门那里拿回的钱勉强够买两张三等票和一点吃的,别说找个膳宿公寓,就连住宿舍也不可能。斯密塔坚持着,她们必须马上就走,越快越好。她毫不犹豫地拿出本来留着买食物的钱。售票员迟疑地打量着她,一口黄牙的嘴里嘟囔了几句。他离开了一会儿,回来时手上多了两张最便宜的"卧铺"票,车是第二天的。他尽力了。后来,斯密塔得知这种票谁都能买到——这种车厢没有人数限制,因此随时都是超载的。售票员玩弄了她的信任,耍手段骗走了她那几个卢比,可她明白得太晚了。

累极了的拉丽塔在她怀里睡着了。斯密塔好不容易才找到了一个可以坐下的地方。车站里,月台上,到处都是准备在这里过夜的人。他们或坐着,或躺着,还有些幸运儿睡着了。斯密塔在一个角落里席地而坐,离她不远的地方,有个身穿白衣的女人,带着两个年幼的孩子。拉丽塔刚刚醒过来。她饿了。斯密塔拿出见底的水瓶,今晚只剩下这个了。小姑娘哭了起来。

在不远处,那个白衣女子正把几块饼干分给她的孩子们。她看了看斯密塔和她怀中哭泣的小姑娘,然后走了过来,提出和她们分享食物。斯密塔抬眼看向她,深感惊讶:她不习惯有谁专门跑过来帮她,她从来没有沦落到讨饭的地步。尽管条件艰难,她总是活得很有尊严。如果只有她一个人,她多半会拒绝,但是拉丽塔太瘦弱了,要是不吃点什么,她就坚持不下去了。斯密塔接过白衣女子递过来的香蕉和饼干,对她道了声谢。拉丽塔立马扑向食物。那女子在路边摊上买了杯姜茶,分了两口给斯密塔,斯密塔这次倒是欣然接受了。加了胡椒的热茶让她精神一振。随后,这个叫拉克什玛玛的女子和她攀谈起来。她想知道她们两个孤身上路是要去哪儿。怎么没和丈夫、父亲或者兄弟一起?斯密塔回答说她们要去金奈,谎称自己的丈夫在那边等她们。拉克什玛玛和她的两个儿子则要去德里南部的小城沃林达文,著名的白色寡妇城。她坦白,几个月前,她的丈夫因为流感过世。自他死后,她的婆家便抛弃了她。拉克什玛玛痛苦地诉说着当地寡妇的悲惨命运。她们是不祥的,被认为是没能挽留住死去丈夫灵魂的罪人。有时,她们甚至会被指控用巫术害她们的配偶生病或死亡。如果她们的丈夫死于事故,她们也拿不到任何保险赔偿;要是丈夫是战死的,她们也不能领任何抚恤金。看她们一眼都会招来厄运,碰到她们的影子都是凶兆。她们不得参加婚礼或庆典,必须躲着人,穿白色丧服,苦修赎罪。她们还常常被自己的家人赶出门外。拉克什玛玛惊恐地谈起残酷的殉葬习俗,丈夫死后,妻子必须同他一起火葬。表示拒绝的女人则会受人排挤、殴打或唾弃,有时会被婆家甚至自己的子女推入火堆,这样他们就少了一个争夺遗产的对手。在被赶到大街上之前,这些女人会被剥去首饰,剃光头发,这样她们就没法再吸引任何一个男人了——她们被禁止再婚,无论什么年龄。在一些省份,女孩往往很小就成亲了。有些女孩仅仅五岁就成了寡妇,一辈子只能以行乞为生。

"就是这样,没了丈夫,就什么都没了。"她叹道。斯密塔也知道,女人没有任何自己的财产,一切都属于她的丈夫。他在的时候,她为他奉献一切。失去了他,她也失去了存在的意义。拉克什玛玛现在一无所有,除了一件她成功藏在纱丽下的首饰,那还是她的嫁妆。她还记得婚礼那天,她披金戴银地坐在车上,全家人欢天喜地地送她去庙宇。她一身富贵地走进婚姻,到头来却一贫如洗。她宁可被丈夫抛弃或离弃,至少这样社会不会把她划入贱民一类,或许她的亲朋好友还会对她表示点同情心,而不是像现在这样对她充满了鄙夷和敌意。她多希望身为一头牛,这样大家都会尊敬她。斯密塔没敢告诉她,她选择了离开丈夫,离开村子和她熟悉的一切。此刻,她听着拉克什玛玛的哭诉,有些怀疑自己是不是犯了一个可怕的错误。这个年轻的寡妇承认想过轻生,但最终放弃了,因为害怕婆家的人会为了遗产杀掉她的两个儿子,这种事时有发生。她选择带着他们去沃林达文。听说有成千上万像她一样的寡妇在那里避难,住在名为"寡妇之家"的慈善收留所或者大街上。她们常常在庙宇中为克里希那①唱诵祷词,以求换得赖以维生的食物,每日只有一餐。她们

---

① 克里希那,又译"黑天"或"奎师那",是印度教三大主神之一毗湿奴的第八个化身。

没有权利得到更多。

斯密塔静静地听着寡妇的话,没有插嘴。这个女人应该比她大不了多少。当她问及她的年龄时,拉克什玛玛说她也不知道,不过,她觉得自己应该不会超过三十岁。她的面容还很年轻,斯密塔不禁想,眼神明亮,但双眼里却透着无尽的悲伤,仿佛千年不散。

拉克什玛玛上车的时刻到了。斯密塔对她分享的食物表示感谢,并承诺要为她和她的孩子们向毗湿奴祈福。她目送她向月台走去,怀里抱着小儿子,手里拉着大儿子,身上还背着一个装着所有家当的小包袱。当她的身影消失在即将出发的人流中时,斯密塔摸了摸纱丽下的毗湿奴神像,祈求他在这一程和今后的漂泊中能陪伴和保护她。她想起了千万个像她一样被抛弃、被夺去一切的寡妇,在她们这个不怎么喜欢女性的国家被彻底遗忘。斯密塔突然为身为自己而感恩,尽管一出生就是贱民,但她却是完整的、独立的,还将拥有一个更加美好的人生,也许吧。

我多么希望不曾出生过,拉克什玛玛在离开之前这么对她说。

朱 丽 娅

西西里,巴勒莫

当朱丽娅告诉母亲和姐妹工厂破产的时候,弗朗切斯卡立刻号啕大哭起来。阿黛拉则一言不发——她还是那副青春期少年独有的,对任何事情都漠不关心的样子,好像一切都与她无关。妈妈听后半晌无言,随即便崩溃了。平常那么虔诚的她,开始控诉上天为什么要这样处处与他们作对。先是她的丈夫,现在又是工厂……他们到底犯了什么罪,什么样的罪孽让他们遭受如此惩罚?!她的孩子们要怎么办?阿黛拉还在念书。弗朗切斯卡所嫁非人,连自己的孩子都快养不活了。而朱丽娅,她只会她父亲传给她的这一行。这个今天甚至不在场的父亲……

这一夜,妈妈哭了很久。为她的丈夫,她的女儿,他们家马上就要被收走的房子。至于她自己,她从不为自己哭。天微微亮时,她有了个主意:吉诺·巴塔格里奥拉这些年一直爱着朱丽娅,做梦都想娶她。这是个大家都知道的秘密。他们家很有钱,理发店开遍全国。他的父母对兰弗雷迪一家都很真挚友好。也许他们会答应买下他们家抵押的房子?……这样做可能挽救不了工厂,但是至少能让他们有个住的地方,让她的女儿们有个遮风避雨的地方。没错,这场婚姻能挽救他们,妈妈想。

可当她把这个主意告诉朱丽娅的时候,她坚决反对。她宁可睡在大街上,也绝不要成为吉诺·巴塔格里奥拉的妻子!这个男人并不令人讨厌,她也找不出什么可以诟病的地方,可他实在是太无聊了,没有一丝趣味。她经常能在工厂里见到他。他那笨手笨脚的样子和头顶那绺乱发,活像父亲喜欢的迪诺·里西①拍的喜剧《怪物》里一个有点可笑的角色。

可母亲坚持认为这是个好主意。吉诺人又好又有

---

① 迪诺·里西(1916—2008),意大利著名导演。

钱,朱丽娅嫁给他肯定衣食无忧,什么都不缺。是啊,只缺最重要的!朱丽娅答道。她拒绝妥协,不想被囚禁在精致的笼子里。她不想过循规蹈矩、流于表面的生活。别人都是这么过的,妈妈说。朱丽娅知道她说的是事实。

母亲的婚姻很幸福,尽管她并没有自己挑选丈夫。三十岁还没嫁人,她最终答应了一直追求她的皮耶罗·兰弗雷迪的求婚。虽然脾气暴躁,但朱丽娅的父亲确实是个好人,也知道怎么哄她高兴,她对他倒也真的日久生情。也许对朱丽娅来说也会是这样。

朱丽娅上了楼,把自己关在房间里。她不能下决心接受这个选择。除了卡玛如火的肌肤,她什么都不想要。她不要盖着冷冰冰的被子,躺在冷冰冰的床上,就像那本让她备受震动的撒丁岛小说《石之痛》中的女主角:无论如何也没法爱上自己的丈夫,她只能流落街头,寻找失去的情人。朱丽娅不要灵魂与肉体相分离的生活。她又想起了奶奶对她说的话:做自己想做的,我亲爱的,但是千万别结婚。

可还有别的办法吗?她能眼睁睁地看着母亲和姐

妹流落街头？她想,生活实在是太残酷了,把整个家庭的重担都压在她一个人肩上。

这一天,她实在鼓不起勇气去见等着她的卡玛。不知道怎么回事,她走到了父亲曾经很喜欢的小教堂——她颤抖了一下,意识到自己居然用过去时来说父亲的事情。他还活着呢,她马上改口。

从不祈祷的她今天需要冥想。白天这个时间,教堂里空无一人,寂静无声,让人仿佛远离尘世,或者恰恰相反,居于世界中心。是因为这凉意,还是这若有似无的乳香,抑或脚踩石砖发出的轻声回响?朱丽娅屏住呼吸;小时候,她就会在进入教堂时感动不已,似乎即将踏上一块承载着几个世纪的灵魂的神圣秘境。那里总有几支蜡烛长明,在这喧嚣浮华的世上,到底是谁在维持这几簇小小的火苗永不熄灭?朱丽娅寻思着。

她往奉献箱里塞了枚硬币,然后拿起一支蜡烛,放到了架子上其他蜡烛的旁边。她点燃蜡烛,闭上双眼,开始低声祈祷。她祈求上苍将她的父亲还给她,赐予她接受这种没有选择的人生的力量。为拯救兰弗雷迪家需要付出的代价实在太过沉重,她想。

只有奇迹才能将他们从中解救出来。

可是朱丽娅知道,这个世界上没有奇迹。奇迹只存在于《圣经》或她儿时的读物中。她早就不再相信童话。父亲的意外让她迅速长大成人。她尚未做好准备。赖在未成年的尾巴上的感觉那么美好,就像泡在热水中让人不想离开。但是成年的那一刻已经来了,毫不容情。美梦戛然而止。

这场联姻是唯一的出路。这个问题在朱丽娅的脑海里千回百转。吉诺会答应买下用于抵押的房子的,就算工厂倒闭了,至少她的家还能保住。母亲是这么说的,也许爸爸也会这么想。这个理由终于说服了朱丽娅。

当天晚上,朱丽娅给卡玛写了封信。写在纸上可能会显得没那么残酷,她想。在信里,朱丽娅向他解释了工厂的困境和压在他们一家身上的威胁。她告诉他她要结婚了。

不管怎么说,他们之间从未许诺过什么。她从没想过和他能有什么未来,也没奢望这段感情能够长久。他们既没有共同的文化,也不信仰同一个神明,更没有相同的习俗。但是,他们的肌肤交融,卡玛的身体和她的完美契合。在他身边,朱丽娅觉得自己前所未有地鲜活。这种强烈的欲望折磨着她,使她夜夜不得安眠,每天早上战栗着起床,回到他身边。这个她刚认识不久的男人,她几乎一无所知的男人,给她造成的困扰超过以往任何人。

这不是爱情。她坚持这么认为,试图说服自己。这是别的什么东西,必须舍弃。

她甚至不知道这封信要怎么寄出去,因为她不知道他住在哪儿。有一次他说他住在市郊的一个街区,和另一个工人共住一间房。无所谓了,朱丽娅会把信放到他们平常幽会的洞穴里,用贝壳压着,放在他们曾经无数次缠绵的岩石旁边。

他们的故事到此结束,她想,有点意外,一如它的开端。

这一夜,朱丽娅又失眠了。她已经把睡眠丢在爸爸办公桌下的抽屉里了。她看着时间一分一秒地流逝。她的夜晚变成了令人焦虑不安的白夜,好像太阳再也不会升起。她连读书的力气都没有了。她一动不动地待着,宛如一块岩石,成了黑暗的囚徒。

她还得告诉那些女工们工厂要倒闭了。她知道这件事只能她来做——她的姐妹和母亲都指望不上。她必须解雇这些不仅是同事更是朋友的女人们。再没有什么能缓解她们的痛苦,剩下的只有苦涩的泪水。她很清楚这个工厂对她们每个人意味着什么。有些人在这里干了一辈子。奶奶怎么办?谁还会请她?阿莱西娅、吉娜、阿尔达都已经五十多岁了,这个年纪很难在市面上找到工作。被丈夫抛弃,独自拉扯着孩子的阿涅丝怎么办?还有无亲无故的菲德莉卡,谁又能帮她?……这一刻,朱丽娅极力避开这个念头,就像推迟一个明知会很痛苦的手术。然而,她不得不解决。明天,我必须和她们说,她想。这个念头让她沮丧至极,难以入睡。

凌晨两点左右,发生了一件事。

夜深人静之时,一块石头砸在了她的窗户上。

朱丽娅浑身抖了一下,这声音把她从好不容易陷入的昏沉中拉了出来。又传来了一阵撞击声。她跑到窗边:卡玛来了,站在楼下的路上。他抬头望着她,手里拿着她的信,朝她喊道:

朱丽娅!
下来!
我有话和你说!

朱丽娅比画着,让他闭嘴。她怕母亲或邻居被吵醒,他们都睡得很浅。可卡玛一动不动,坚持要和她谈谈。朱丽娅只得穿上衣服,匆忙下楼,和他在路上碰了面。

你这个疯子,她对他说。你肯定是疯了才会跑到这儿来。

奇迹就在这一刻发生了。

萨 拉

加拿大，蒙特利尔

事情以一种处心积虑的方式开始了。起先是大家忘记通知她开会。我们不想打扰你,一个相关的合伙人后来说。

随后,大家开始回避和她讨论案例。现在,你要想的已经够多了。那么多表示关心的话,让人都要信以为真。萨拉不需要这些客套话,她希望能和以前一样工作,受到尊重。她拒绝大家对她的照顾。她感到一段时间以来,大家不再像以前那样让她参与事务所的日常工作、决策以及案件的管理。大家总有什么忘记告诉她,有问题也会去问别人。

自从她生病的消息传开,库斯特在事务所的地位直线上升。萨拉经常看到他和约翰逊谈笑风生,陪同他一起吃午饭。至于伊奈斯,她在处理案件时越来越大胆,经常未经萨拉的同意就自作主张。当萨拉给她下达指令时,这个初级律师则会扮出一副抱歉的样子反驳说,她当时不在,或者没空,隐晦地暗示,她在医院。趁着萨拉不在,她便替萨拉拿主意,参加各种会议。最近,她与库斯特走得很近,甚至开始学着抽烟,萨拉知道,她这样做就是为了能和她的新任导师一起抽烟,享受空闲时光。谁知道是不是可以从中捡到一个升职的机会呢……

萨拉开始在医院进行治疗。她不顾肿瘤医生的建议,拒绝白天请假。请假就等于让出位子,丢弃领土——这太冒险了。无论如何,她都要挺住。她每天都勇敢地早起上班。她不会让癌症摧毁她多年来辛辛苦苦建立的一切。她会斗争到底,尽全力守住她的帝国。仅仅是这个念头就足以支撑她站着,给她所需要的力量。

肿瘤医生已经警告过她:治疗会很痛苦,而且会对她的身体产生很大的副作用。他准备了一张冗长的清单,做成表格交给她,详细地标明她什么时候会开始感到恶心,治疗对她的头发、指甲、眉毛、皮肤和手脚会有什么影响,还有整个治疗过程中,一天天等待她的是什么。萨拉离开时拿着十几份处方,每一份都是为了抵抗一种副作用。

可是他没有说,任何人都没有提到的是,比起这些身体上的症状,比起恶心、偶尔出现的意识模糊,更可怕的是伴随疾病而来的排斥,她痛苦地发现大家开始慢慢地跟她保持距离,而她对此毫无准备,也没有任何处方可以解决。

一开始,萨拉对事务所里发生的一切都一声不吭。她宁可忽略同事们的"遗忘"和约翰逊眼中流露出的冷漠。事实上,这个词还不够准确,应该说他们之间出现了某种隔阂,两人的交流异常冷淡。连续几周都不告诉她有约会,不邀请她参加会议,不交给她案子,也不向她介绍客户,萨拉终于可以肯定了:大家开始回避她了。

这种暴力有个她很难说出口的名字:歧视。尽管在法庭上这个词她听了不下一百次,但这个词一向与她无关——至少当时她是这么觉得的。她对这个术语的定义倒是了然于胸:"人与人之间,基于出身、性别、家庭条件、妊娠、外表、姓氏、身体状况、残疾、基因特征、习俗、性别认同和取向、年龄、政治见解或工会活动的不同,是否属于某个特定的人种、国家、民族或宗教,真实或假设,采取的任何区别对待。"这个术语有时会和"污名"一词紧密相连,社会学家欧文·戈夫曼对这个词的定义是:"使个人不同于人们本想将其归入的群体的特征。"一个因此而受折磨的人就是个被污名化的人,和那些戈夫曼称之为正常人不一样的人。

萨拉现在明白了:自己成了一个有污点的人。在这个崇尚年轻和活力的社会,病人和弱者是无法拥有一席之地的。而她这个曾经的强者,正在掉转方向,转换阵营。

怎样才能挽回局面?萨拉知道怎么对抗病魔,她有武器,有治疗方法,有医生。可是面对排斥,要用什么药?大家正在慢慢地将她推向门外,关进壁橱,她应该做什么来改变她的轨迹?

没错,需要反抗,但是怎么做?控告约翰逊&洛克伍德事务所歧视?那就意味着她得辞职。可是一旦辞职,她就失去了所有的援助,不再享受任何社会保障。再找一份工作?谁来负担她和她的癌症?自己开一家律师事务所?这是个不错的想法,可是需要资金。而她知道,银行只会给健康的人贷款。再说,会有客户信任她吗?她什么都不能向他们保证,连保证一年之内活着捍卫他们的利益都办不到。

她想起了那件恐怖的事情。几年前,她的一个同事为一位在诊所当秘书的女人辩护。她和雇佣她的医生说她头疼,这位雇主给她做了检查。检查之后,他当晚便把她解雇了,因为她得了癌症。当然,诊所给出的官方理由是"经济原因"。但是没人是傻瓜。这场官司打了三年,最后这名女子胜诉了。可是没过多久,她就死了。

相比而言,萨拉遭受的暴力更为平淡。暴力没有自报家门,难以察觉,也就更难坐实。但它确实存在。

一月的一个早晨,约翰逊叫她到楼上的办公室谈话。他装出一副关心的样子,假惺惺地问她最近怎么样。萨拉很好,谢谢。正在化疗,是的。他说起他的一个远房表亲,二十年前因为癌症接受了治疗,现在活得好好的。萨拉一点也不在乎大家没完没了和她说的那些癌症被治愈的事情,他们冲着她讲,就像给狗扔骨头。对她来说,这些什么也不能改变。她很想和他说,她的母亲就死于这个病,而她自己现在也病得像条狗。这些虚伪的同情心,还是省省吧。他哪里知道口腔溃疡到什么都不能吃,工作一天后脚疼到不能走,虚弱到连一个小小的台阶都踏不上去的感觉。在他这副虚情假意的面孔下,他才不会在意几个星期后,你的头发就会掉光;你的身体会消瘦到照镜子的时候被自己吓一跳;你现在怕痛,怕死,什么都怕;每晚失眠,每天呕吐三次,有些早晨甚至担心自己还能不能站得住。让他的好意、他的表亲通通见鬼去吧!

和往常一样,萨拉还是保持着礼貌。

约翰逊终于说到了重点,他想往比尔古华案里加派一个合伙人。萨拉惊呆了。她过了几秒钟才说,比尔古华是她多年的客户,她不需要任何人帮她处理这家公司的事情。约翰逊叹了口气,提到了那场会议,那场她唯一一次迟到的会议——她赶在上班之前,天一亮就跑去医院做检查。倒霉的是,那天核磁共振机出了故障。真是不巧,这种事三年才发生一次。技术员郁闷地说。为了不迟到,萨拉急匆匆地跑去开会,当她气喘吁吁地赶到时,会议刚刚开始。自然,约翰逊不需要知道这些,他对萨拉的解释一点都不感兴趣,她可以收回她那套没用的话。还好,伊奈斯在,总是非常准时,表现完美。他补充道。他还刻意说起上次萨拉在听证会上昏倒,使得听证会不得不延期的事情。他用她最恨的虚伪语气说道,他理解她现在有些必要的医疗检查,这里所有人都希望她能在最短的时间内完全康复。约翰逊说起这些没有意义的空话真是一套一套的。他觉得,现在萨拉需要帮助,团队合作是事务所的重要精神和职能。为了帮助她渡过难关,他会派……加里·库斯特帮她。

要不是坐着,萨拉肯定会跌倒在地。

这是她最最不希望发生的事。

她宁可被开除,被解雇,或者被扇一耳光,被羞辱,至少事情很干脆。怎么都好过像这样被架空,被慢慢折磨而死。她觉得自己就像是斗兽场里被献祭的公牛。她知道反抗没有用,什么样的理由也无法改变即将发生的事情。她的命运已经安排妥当,约翰逊已经做了决定。生病的她对他毫无用处。她成了一枚弃子。

库斯特会一口吃掉比尔古华的案子。他会抢走她最大的客户。约翰逊对此心知肚明。他和库斯特正合伙趁她倒在地上的时候撕碎她。萨拉想大喊救命,就像和孩子们做游戏时高喊:抓小偷!可是就像沙漠中的求救,没有人听得见,也没有人会来帮她。这些衣冠楚楚的强盗,他们的勾当不会被识破,反而还显得很是体面。这是一种优雅的暴力,一种喷了香水、穿着三件套的暴力。

加里·库斯特这次算是报了仇。有比尔古华案在手,他一下子成了事务所最有权势的合伙人和约翰逊理想的接班人。他没病没灾,相反还正年富力强,就像一个刚刚吸饱他人鲜血的吸血鬼。

谈话的最后,约翰逊用一种遗憾的眼神看着萨拉,说了句更加刺激她的话:你看着有点累,还是回去休息吧。

萨拉颓丧地回到办公室。她知道自己会受到打击,但是没想到这打击如此之大。以至于过了几天,当库斯特被任命为管理合伙人的消息传来时,她丝毫不感到惊讶。他坐上了约翰逊那至高无上的位子,成了事务所的最高领导人。这次任命敲响了萨拉职业生涯的丧钟。

那天,萨拉下午就回了家。她不知道是几点钟,这个时候家里没有人。一切都静悄悄的。萨拉坐在床上哭了起来。她想起了曾经的自己,昨天她还是那个意志坚定的女强人,在这个世界上占有一席之地,而今天,世界就抛弃了她。

再也没有什么能阻止她的败落。

而这坠落才刚刚开始。

今天早上,一根线断了。

这种事很少发生。

但是确实发生了。

这是一场灾难,就像显微镜下的

一场海啸,

摧毁了多日以来的心血。

我不禁想到了当时的佩涅罗珀①,

每天,她永不停息地织着

昨夜拆散的布。

我得从头再来。

样品会很美,这个念头安慰着我。

为了不浪费线,

---

① 佩涅罗珀,古希腊神话中的女性人物,英雄奥德修斯之妻。奥德修斯在外漂流的二十年间,为了拒绝众多追求者,她承诺织完一块毯子之后就可以改嫁,但她白天织布晚上拆开,永远也完不成。

我必须紧紧地抓住它。

重新开始,继续编织。

斯密塔

印度,北方邦,瓦拉纳西

在月台边打盹儿的斯密塔突然惊醒,拉丽塔还蜷缩在她身边。晨曦投下它的第一缕光芒。几百个人正朝着一辆刚刚到达的列车飞奔而去,一路席卷。她惊慌地叫醒女儿。

走!
火车来了!
快!

她慌忙收拾好行李——为了防盗,她睡在了包袱上。她一把抓住拉丽塔的手,朝着三等车厢跑去。月台上乱哄哄的,人潮涌动,人们相互推搡着,拥挤着,蹒跚前行。所有人都喊着:"让让,让让!""快,快!"斯密塔抓住车厢入口处的门把手,人群的冲击力太大了,她必须紧紧抓着。为了避免女儿被慌忙上车的旅客挤得喘不过气来,她竭力把拉丽塔先推进车厢。突然,她迟疑了一下,朝身边瘦骨嶙峋的男人喊了句:这车是去金奈的吗?

不是!他答道,这趟车是去斋浦尔①的。别信那些站牌,他又说道,它们经常是错的。

斯密塔只得把差不多挤上车的拉丽塔给拽了回来,费力地拨开人群往回走,如同一条逆流而上的鲑鱼。

来回折腾了几次,得到的信息相互矛盾,找警察问路也没问出个所以然,尽管如此,斯密塔最终还是带着拉丽塔找到了去金奈的车,登上了那列蓝色的"卧铺"车厢。车厢里没有空调,破破烂烂的,到处都是老鼠和蟑螂。她们费劲地挤进一个人满为患的包间,在长凳上找了个窄小的位子坐下。已经有二十来个人挤在这

---

① 斋浦尔,拉贾斯坦邦首府,印度北部的一座古城。

个只有几平方米的空间里了。头顶原本应该放行李的架子上现在坐满了人,他们的腿就那么悬在半空。长路漫漫,要这样走两千多公里。她们乘坐的是慢车,比快车便宜。这趟车几乎每站都停,开得很慢。像这样穿越整个印度,真是太疯狂了,斯密塔想。恐怕全人类都挤在这节末等车厢里了,大家呼吸困难,疲惫不堪。到处都是拖家带口的人、婴儿和老人,他们要么坐在地上,要么站着,挤得动也不能动。

旅途一开始还是很顺利的。拉丽塔睡着了,斯密塔则打着瞌睡,处于一种半睡半醒的无梦状态。突然,孩子因为尿急醒了。斯密塔只得带着她艰难地往车厢尽头走去。这是个冒险的行为,因为很难不踩到那些坐在地上的人。尽管已经走得小心翼翼,斯密塔还是踩到了其中一个,他火冒三丈地大骂一通。

当她们终于走到厕所门前时,门却紧闭着,还被反锁了。斯密塔试图打开它,在门上拍了几下。别费劲了,一个坐在地上的老妇说。她棕褐色的皮肤皱得像羊皮纸,牙齿也快掉光了。他们已经关在里面几个小时了。这是一家人,想找个地方坐着和睡觉,不到站他们是不会出来的。她对她们说。斯密塔不停地捶门,一会儿威胁他们,一会儿恳求他们。嗓子喊哑了都没用,那老妇又说,已经有人试过了。

我女儿真的很急,斯密塔叹道。无牙老妇指了指车厢一角:她去那儿尿就行了。不然就得等到下一站。拉丽塔全身绷得紧紧的,她不想当着这么多人的面撒尿,六岁的她已经有了很强的自尊心。斯密塔只得让她明白,她没有其他的选择。下一站的停车时间太短了,她们不能冒险下车。在上一站,就有一家人落入陷阱。因为月台上到处都是人,他们没能回到车上来。最后,火车抛下他们开走了,把没有行李的他们孤零零地丢在一个陌生的地方,一个不知名的车站里。

拉丽塔摇了摇头,她宁可憋着。再过一两个小时,就到贾巴尔普尔①了,那儿的停车时间会长一些。她可以忍到那个时候。

当她们回到座位上时,一股恶臭充斥着整个车厢,

---

① 贾巴尔普尔,印度中央邦城市。

那是一股屎尿混杂的味道。列车每到一个站都是这样——城里人习惯跑到铁路边排泄。斯密塔对这种气味太熟悉了,它在哪儿都一样,没有边界,超越地位、种姓和金钱。虽然已经习以为常,但她还是屏住了呼吸,就像她出门干活时千百次做过的一样。她用头巾捂住了自己和女儿的鼻子。

再也不要这样,她发过誓。再也不要憋着气过日子。终有一天,要自由、有尊严地呼吸。

列车开动了。屎尿的恶臭退去,取而代之的是人们身上没那么难闻却依旧令人作呕的汗味。马上就到中午了,人满为患的车厢里酷热难耐,只有一个风扇搅动着恶臭的空气。斯密塔给拉丽塔喂了点水,自己也啜了几口。

沉闷的白日显得异常漫长。一些人在车厢里擦着鞋。另一些人则从半开的门中看着风景,或是紧贴窗口护栏,希望能在那儿吹几丝凉风,可是透进来的只有一股湿热的空气。一个男人念着经穿梭于车厢内,将水泼到旅客的头上以示赐福。一个乞丐边扫着地,边乞讨几个子儿。只要有人愿意听他诉苦,他便会凑过去说。他原本和家人住在北方的一个村子里,种地为生。一天,一伙富农跑到他家里找他的父亲,他欠了他们钱。他们用棍子猛击他的头,打断他的四肢,还把他的眼睛给挖了出来,完事之后,将他倒吊在全家人的面前。拉丽塔被这可怕的故事吓得直打哆嗦。斯密塔痛骂了乞丐几句,让他去别的地方扫地,这儿还有孩子呢。

在她身边,一个胖胖的、浑身是汗的女人说她要去蒂鲁帕蒂神庙还愿。斯密塔一下子精神起来。这女人的儿子本来得了重病,医生都认为他没救了。一个民间郎中建议她去神庙许个愿,结果她的儿子痊愈了。今天,她要将粮食和花环送到毗湿奴的足下,感谢他的神迹。为了还愿,她绕了好几千公里的路。她先是抱怨路途的艰辛,但事情就是这样的,她补充道。通向神明的道路一定是崎岖的,这是神明的旨意。

夜幕降临。车厢里的人都试着凑合休息一会儿,把那些长凳拼成了床。可睡在上面并不舒服。斯密塔贴着拉丽塔小小的身躯打起盹儿来,旁边是那个胖女人。她想起出行前对毗湿奴许下的诺言。她绝不能食言,她想。

这天深夜,在切蒂斯格尔邦①和安得拉邦②之间的某个地方,在这张木制卧铺上,斯密塔做了一个决定:明天,她和拉丽塔不再像她之前计划的那样继续往金奈走。一到蒂鲁帕蒂,她们就下车,去爬圣山,向她们的神明致敬。想到毗湿奴正等着她们,斯密塔一下子就平静下来,很快睡着了。

她的神明就在那里,近在咫尺。

---

① 切蒂斯格尔邦,位于印度中部。
② 安得拉邦,印度濒孟加拉湾的一个邦。

朱丽娅

西西里,巴勒莫

夜深人静之时,朱丽娅和卡玛在路上碰了面。面对着他,她突然觉得有些焦躁。他会说什么?他爱她?他不想分开?能肯定的是,他会试着挽留她,不让她去结这种疯狂的婚。朱丽娅等待着妈妈在白天剧场里看的那些依依不舍的拥抱,撕心裂肺的告别……毕竟还是要分离。

可卡玛没有流泪,甚至一点也不激动。他反倒有些兴奋和迫不及待,眼睛里散发着一种奇异的神采。他低声而快速地说了句话,好像在透露一个秘密。

也许我能解决工厂的问题,他说。

没再多做解释，他拉起她的手，往海边那个他们经常相会的洞穴走去。

黑暗中，朱丽娅无法看清他的脸。他读了她的信，他说，工厂并不是非关不可。有一个办法或许可以挽救它。她怀疑地看着他——他是着了什么魔？平常总是镇定自若的卡玛，现在看起来异常兴奋。他接着说：尽管锡克教禁止锡克人剪头发，但是他们国家其他的印度人可以。不仅可以，成千上万的印度人还会专门去庙里剪头发，然后敬献给他们的神明。剃头被看作一种神圣的行为，但头发不是，它们会被收集起来卖掉。有些人专门做这种生意。他最后总结道，如果这里的原材料短缺，那就应该去那里找。进口头发，这是挽救工厂唯一的办法。

朱丽娅不知道该说些什么，又惊讶又难以置信。在她看来，卡玛的计划太疯狂了。印度人的头发，多么奇怪的想法……当然，她知道怎么打理这些头发。她有父亲的秘方，可以让头发褪色，变成容易上色的乳白色。她有这样的技术和能力。但是这个想法本身让她恐慌。进口，这个在她看来有几分野蛮的词汇，就像某种外来语,不属于这里的小工厂。一直以来,兰弗雷迪家加工的头发都来自西西里,都是本地的头发,岛上的头发。

当一个来源枯竭了,就应当去找下一个。卡玛回应道。尽管意大利人不再保留他们的头发,印度人却在往外捐!每年都有成千上万的印度人去寺庙里,他们的头发被成吨卖掉。这是个几乎取之不竭的宝库。

朱丽娅不知道应该如何思考了。前一秒钟这个念头还对她有极大的吸引力,下一秒钟她又觉得遥不可及。卡玛承诺一定会帮她。他了解印度,还会说当地语言。他可以成为印度和意大利之间的桥梁。这个男人太不可思议了,她想,他好像觉得万事皆有可能。她有些后悔自己那样多疑和灰心。

她回到家中,头脑发热。她的神经兴奋得如同一只困在笼子里的猴子,根本平静不下来。不用想,她肯定是睡不着了。于是她打开了电脑,整晚疯狂地查着资料。

卡玛说得没错。在因特网上,她找到了很多印度人在寺庙里的照片。为了祈求一个好的收成、幸福的婚姻、健康的身体,男男女女们都会把自己的头发献给神明。他们大多数都是穷人和贱民,头发是他们唯一的财产。

她刚查到一篇文章,上面写着一个英国商人靠进口头发赚了大钱。他现在名扬天下,出入都有直升机接送。他先是把印度人的头发成吨进口到他在罗马附近的工厂。这些头发由飞机送到罗马菲乌米奇诺国际机场,然后再运往罗马北部的工业园,在那边的多家大工厂里进行加工。这个英国人说:印度人的头发是世界上最好的头发。他躺在位于罗马的别墅的泳池边,向人们解释他如何给头发消毒,然后打散,浸泡在褪色的溶剂中,接着染成金色、栗色、红色或赭色,变成欧洲人头发的样子。我们把黑金变成了黄金,他得意扬扬地说。这些加工好的头发会根据长短分装入袋,送往世界各地,用于接发或制作假发。五十三个国家,两万五千家理发店,多么惊人的数字!他的公司已经是跨国企业了。他承认,一开始大家都嘲笑他,笑他这种疯狂的举动。但是他的企业因此生意兴隆。现在公司有五百名员工,在三大洲都有加工厂,占全世界头发市场份额的百分之八十。他最后自豪地总结道。

朱丽娅很困惑。对这个英国人来说,好像一切都轻而易举。她有能力做到和他一样吗?她怎样才能拥有这样的实力?她以为自己是谁,可以做这么大的项目?把家庭作坊变成一个工业企业,难道不是天方夜谭?但是,这个英国人成功了。如果他能做到,难道她就不行吗?

还有一个最让她困扰的问题:父亲会怎么看?他会不会支持她?他确实常说要视野开阔,敢想敢干。可是他却那样执着于自己的根源和身份。他总是指着他的头发,非常自豪地对愿意听的人说:西西里原产的头发。改变,是不是就意味着背叛?

朱丽娅想起了他挂在办公室里的照片,旁边还有他父亲和他祖父的,兰弗雷迪家族的三代掌门人。她想真正的背叛其实是放弃。放弃他们毕生的心血,这难道不是彻底的背叛吗?

突然,她愿意相信,他们不会淹死,工厂不会倒闭,她也不用嫁给吉诺·巴塔格里奥拉。卡玛的点子是一份礼物,一个机会,一种天意。那天,面对爸爸的抽屉,她曾说过,他们就像待在歌诗达协和号上,但是现在看来,黑暗中有条小船正向他们驶来,并给他们抛来了救生圈。

她想到了卡玛,突然意识到她与他在圣罗莎莉亚节的相遇并非偶然。他是上天派来的。上天听到了她的祈祷,并实现了她的心愿。

这就是她等待的奇迹。

斯 密 塔

印度,安得拉邦,蒂鲁帕蒂

蒂鲁帕蒂！蒂鲁帕蒂！

车厢里的一个男人喊了起来。列车即将到达蒂鲁帕蒂站,刹车装置在铁轨上嘎吱作响。很快,朝圣者的浪潮便涌向月台,带着被褥行李、金属杯、食物、鲜花、供品,怀里抱着孩子,背上驮着老人。所有人都急着奔向出口,往圣山的方向走去。斯密塔被这股汹涌的人流裹挟着,无力与之对抗,只能抓紧拉丽塔的手。她担心被人群冲散,最终把女儿抱了起来。整个车站活像一个爬满几万只蚂蚁的蚁穴。据说,这个车站每天都会迎来五万名朝圣者,而在节假日时,这个数字还会翻十倍。他们前来朝觐毗湿奴的化身之一,被尊为"七岭之主"的文卡特斯瓦拉。人们说,向他许的愿都会实现。他那雄伟壮观的塑像就矗立在圣山顶上的神庙里,俯瞰着脚下众生。

与成千上万这样虔诚的灵魂接触,斯密塔在激动的同时也深感恐惧。站在这群陌生却有着相同信仰的人群中,她深感自己的渺小。到这里来的人要么是为了祈求更好的生活,要么是为了还愿:生了儿子、亲朋好友痊愈了、有好的收成或幸福的婚姻。

为了到达神庙,一些人赶着去坐开往山顶的大巴,每人四十四卢比。然而,所有人都明白,真正的朝觐应该用脚一步一步走出来。斯密塔跑那么远的路可不是来走捷径的。她按照传统,脱下了自己和拉丽塔的凉鞋。为表谦卑,很多人像她一样脱了鞋,开始攀爬通向庙门的阶梯。阶梯一共有三千六百级台阶,将近十五公里,得爬三个小时!一个坐在阶梯入口的水果商贩说。斯密塔有些担心拉丽塔,小姑娘已经累坏了,她们在那又挤又不舒服的车上根本就没怎么睡。可无论如何,现在她们不能退却。她们会按自己的节奏走,哪怕得走上一整天。毗湿奴一直眷顾着她们,将她们带到这里,她们不能在离他这么近的地方半途而废。斯密塔花几个卢比买了椰子,拉丽塔狼吞虎咽地吃了几个。在踏上第一级台阶前,她们按照传统敲开了一个特意留下的椰子献给山神。有些人每上一级台阶都会在上面点一支蜡烛——这样弯腰前行直到神庙需要极大的勇气和坚定的信念。还有些人会往台阶上泼辣椒水,使其变成火焰般的紫红色。最虔诚的信徒则会一路跪拜上山。斯密塔看着一家人就这么一步一跪地慢慢上山,每登上一个台阶,他们的脸上都会露出疼痛的表情。多么虔诚,她羡慕地想。

爬到四分之一的时候,拉丽塔已经很累了。她们时不时停下来喘口气,喝点水。出发一个小时之后,小姑娘就完全爬不动了。斯密塔把她瘦小的身躯背了起来,继续往上爬。尽管自己也是身形单薄,精疲力竭,但她全神贯注于实现自己的目标,一心想着她如此敬爱的神明,她很快就要见到他了。斯密塔觉得毗湿奴让她今天力量倍增,帮她登上山顶向其跪拜。

当斯密塔到达山顶的时候,拉丽塔已经睡着好一会儿了。她在庙门前坐了一会儿,缓了口气。圣地被高墙围着,一座白色的花岗岩达罗毗荼①式巨塔直冲云霄。斯密塔从没见过这样的景观。蒂鲁马拉山自成一体,人口比一般城市还要多。依照传统,此处禁止贩卖烟酒和肉类。进去需要买票——最便宜的十二卢比一张,一个年迈的朝圣者告诉斯密塔。无数的人围在购票处前,里面时不时才露出一张脸。此时,斯密塔才明白之前的艰辛旅途不过是个开端,她们还得等好几个小时才能进入圣地。

天色渐晚,夜幕降临。斯密塔急需休息。她必须睡一会儿,至少尝试着睡一会儿。就在这时,从无数围在庙门前卖鲜花和旅游纪念品的小贩中走过来一个人。他察觉到了斯密塔的惊慌失措和极度疲惫。这儿有专供朝圣者住的免费宿舍,他对斯密塔说。他可以给她们指路。他打量着她,目光却在拉丽塔身上流连。只要一丁点好处,他就可以带她们去那里。斯密塔连忙抓住女儿的手,将她从捕食者的身边拉开。他的脸原本看起来那么亲切,像天使一般……一想到晚上要在户外过夜,她就一阵发毛。两个落单的女人无疑是

---

① 达罗毗荼,南印度的别称。

绝佳的猎物。她们必须得找一个晚上落脚的地方。这事关生死。路边一个缠着黄色腰布的苦行僧给她们指了路。黄色是毗湿奴信徒的标志性颜色。

第一个宿舍关着门,第二个则已经客满。当她们走到第三个宿舍门口时,一名老妇告诉她们只剩下一张床了。没关系,斯密塔和拉丽塔一起经历了那么多,已经形同一人。她们走进破破烂烂的屋子,里面并排摆着十几个铺盖。尽管周围吵闹不已,依偎着躺下的两人还是很快就睡着了。

萨 拉

加拿大,蒙特利尔

萨拉已经有三天没从床上起来了。

昨天,她给医生打电话,让他给她开一份病假条——她职业生涯的第一次。她不想回事务所。她再也无法忍受他们的虚伪和针对她的排斥。

她一开始是否认,怀疑。接着是愤怒,无法抑制的怒火。然后她感到极度的疲惫,如同被困在没有出路的沙漠里。

一直以来,萨拉都是自己做主,掌握着人生的方向。她曾是他们口中的女高管,一个"在企业或公司内身居高位,做决策并执行的人"。可从今往后,她不再是了。她感到自己遭到了背叛,就像一个因为无才、无能、不孕而未能达到别人的期待,最终被休弃的女人。

她这样一个打破了职业天花板的人现在却碰到了另一堵看不见的,将健康人和病弱者分开的墙。她从此被挡在了外面。约翰逊一伙人正在将她活埋。他们把她扔进了坟墓,用一铲铲的假笑和虚情假意慢慢地将她埋葬。她知道,她的职业生涯已经完了。就像一场噩梦,她无能为力地参加了自己的葬礼。尽管她在棺材里拼命地叫着、喊着,说她还活着,却无人理睬。她的苦难就像一场醒着做的梦。

他们都在竭尽全力地撒谎。他们嘴上和她说着要坚强,你会好的,我们和你在一起,但做的事却完全相反。他们任由她倒下,弃之如敝屣。

为了工作,她已牺牲一切,现在轮到她自己走上这注重效率、回报和能力的祭台。在这里,不进则死。现在,该她去死了。

她的计划没能奏效。在约翰逊的祝福下,她竖起的高墙被伊奈斯和库斯特的野心前后夹击,轰然倒塌。她原以为他会对她施以援手,至少会尝试着拉她一把,但是他毫不在意地抛弃了她。他拿走了唯一支撑着她每天起床、保持站立的东西:她的社会属性,她的工作,她在这个世界上的位置和归属感。

她害怕的事情终于还是发生了:萨拉成了癌症本身。她就是人格化的肿瘤。大家不再将她视为一个聪明、优雅、有能力的四十岁女人,而是疾病的化身。对他们来说,她不再是一个得了病的律师,而是一个挂着律师头衔的病人。两者有天壤之别。癌症让人恐惧,让人孤立,散发着死亡的味道。一看到它,人们便捂住鼻子,扭头离开。

萨拉成了不可接触者,被推向社会的边缘。

所以,不,她不会再回到那个已经给她定罪的斗兽场。她不会让他们像看戏一样看着她坠落,绝不会让自己变成狮子的美餐。她还拥有自尊,拥有说不的权利。

这天早上,萨拉没动罗恩给她准备的早餐。当双胞胎爬到她的床上来亲她的时候,她都没有抱一抱他们柔软而温暖的身体。汉娜求她,鼓励她,威胁她,埋怨她,用尽方法都没能让她起床。她知道等她晚上回来,妈妈还会这样躺着。

萨拉已经好几天都处在这种病态的嗜睡中,她渐渐变得麻木,任由自己慢慢地脱离社会。她的脑海里不断地回放着这几个星期以来发生的一切,琢磨着她本可以做些什么来改变事情的走向。也许什么都不行。比赛已经抛开她开始了。游戏结束。完结。

她本以为自己可以假装一切都好,什么都没变,继续过正常的生活,保持航向,坚持下去。她本想像处理案件一样,用手段、专心和毅力来解决病魔。但这些还不够。

在半睡半醒中,她想象着她的同事们得知她病逝时的反应。她沉溺于这可怕的想法,就像人在忧愁时往往会听悲伤的歌。她仿佛已经看见他们脸上虚情假意的哀伤。他们会说：是个恶性肿瘤，或者：她早就知道自己不久于人世。他们会说：发现得太晚了，或者：她拖太久了。好像她应该为自己这悲惨的命运负责，甚至受到惩罚。但事实是，杀掉萨拉·柯恩，将她放在火上慢烤的，不仅仅是这个占据她身体的肿瘤，这个引领她跳着无法预知下一个舞步的残酷舞蹈的肿瘤，不，杀死她的是这个她费尽心血为其名誉打拼的事务所里，那些她曾视为伙伴之人的抛弃。这份工作就是她存在的理由，生命的意义，日本人说的 Ikigai：没有了它，萨拉就不存在了，只剩下一具空壳。

萨拉仍旧惊异于自己的轻信。她曾经担心她的病会影响事务所，可没想到事实更加残酷：没了她，它依然运营良好。她的停车位和办公室马上就会分给别人，很多人都会去抢。这个念头让她万念俱灰。

医生忧心于她的状态，给她开了不少抗抑郁药。在他看来，抑郁是人在得知自己得了重大疾病之后的一种常见的应激反应。对于癌症治疗来说，这是一个不利的因素，必须加以控制。十足的蠢货，萨拉想。生病的不是她，而是整个社会需要治疗。那些本应该得到救助的弱者,它非但不救,反而背过身去,就像象群对待那些年迈的老象,让他们孤零零地等死。有一天,她在一本关于动物的儿童读物上读到这句话:"食肉动物对大自然的作用就在于吞噬那些老弱病残。"她的女儿一听就哭了起来。萨拉安慰她,说人类世界不遵循这样的法则。她以为自己站在正义的一边,处在一个文明的世界之中。结果她错了。

所以,哪怕他们给她开再多的药,她也不会有什么大的起色。总会有像约翰逊和库斯特那样的人把她的头按回水中。

一群混蛋。

孩子们都走了,家里又恢复了安静。萨拉起床走向浴室,这是今天早上她唯一能做的事情。镜子里,她的皮肤像纸一样苍白,那么薄,仿佛光线都能穿透。她瘦得肋骨凸起,腿如筷子,像火柴一样,一不小心就会折断。她曾经有一双线条优美的腿,一对总是用精心剪裁的衣服包裹的美臀,她的低领装也是极具诱惑的武器。不可否认,萨拉曾经那么迷人。很少有男人能够抵挡她的魅力。她有过不少风流韵事,还有过两个爱人——她的两任丈夫,尤其是第一任,她曾经那么爱他。她现在面色苍白、身材瘦削,连运动服都空荡荡的,像幽灵披着的床单,还会有人觉得她美吗?病魔挥动着他的镰刀,不久她就会瘦得只能去穿自己十二岁女儿的童装。这样的她还能在谁的眼睛里燃起火花?此时此刻,萨拉愿意倾尽所有换一个男人的拥抱,让她觉得自己在这几秒钟里还算是个女人。那该多好。

少一个乳房——一开始她不承认自己对此感到的痛苦和悲伤。就像她经常做的那样,她用一块布把这件事情遮盖起来,放在屏障后面,徒劳地试图跟它保持距离。没什么大不了的,她反复对自己说,整形术什么做不到?然而切除这个词让她觉得很丑陋,它与惩罚、侵略、残缺、截断、破坏为伍。要是她运气够好,有可能痊愈的吧?谁又能保证?汉娜得知了她的病情,她十分伤心。她想了一会儿,说了一句话:你是个亚马孙女战士,妈妈。萨拉想起不久前帮她改过一篇关于亚马孙女战士的报告,她还记得这么一段:

"亚马孙女战士(Amazone),源自希腊语 mazo 一词,意为乳房,前缀 a 表示去除。这些古代的女人们为了能更好地射箭,切除了自己的右乳。她们组成了一个战斗民族,英勇善战,与周围部落的男子结合以生育后代,却独自抚养子女。她们任用男人处理家务。她们发动过多次战争,往往以胜利告终。"

然而这场战争,萨拉却不知道自己能不能赢。这个她多年来克制、忽视,这个她毫不在意,有时甚至任其挨饿的身体——连吃饭、睡觉的时间都没有,正在疯狂地报复,残酷地提醒她它的存在。镜子毫不留情地告诉她,她只是曾经那个萨拉的影子,她的替代品和苍白的投影。

最让她难过的便是她开始大把大把地掉头发。肿瘤医生早就告诉过她,就像告诉她一个不可违抗的神谕:从第二次化疗起,就会开始掉头发。萨拉今早在枕边发现了几十根受害者。这是她最害怕的事情。脱发就意味着疾病。一个没有头发的女人是一个生病的女人,哪怕她穿着精致,脚踩高跟鞋,身背新款包,也没有人在意,所有人的关注点只会是她的秃头,那让一切暴露无遗的秃头。一个光头的男人可以性感,一个秃头的女人却总是病态的,萨拉想。

癌症将夺走她的一切:工作,美貌和女人味。

她想起了自己同样死于癌症的母亲,觉得自己应该回到床上,安安静静地死去,和她在地下相会,共享永恒的安息。这是一个既可怕又让人心安的想法。有时候想想一切都有尽头,最痛苦的折磨明天就会结束也是不错的。

当她想起自己的母亲时,最难忘的就是她的优雅。尽管虚弱不堪,但只要不化妆,不梳头,不涂上指甲油,她的妈妈就绝不出门。指甲是个很重要的细节,她总是说,要好好保养自己的手。对很多人来说,这不过是爱美和无聊。但是对她来说却不仅如此,这意味着:我还有时间打扮自己。我依旧充满活力,忙忙碌碌。尽管肩负很多责任,有三个孩子、癌症以及忙不完的日常琐事,但是我没有放弃,没有消失,我还活着,一直活着,完整、精致、女人味十足,看看我的指甲就知道,我还在。

萨拉站在那里,看着镜子里的自己,看着自己破碎的指甲和稀疏的头发。

她感到自己从内心深处开始颤抖起来,好像她身体里有极小的一部分拒绝任由摆布。不,她不会消失的。她不会放弃。

她是一个亚马孙女战士,一名士兵,一个战士。亚马孙女战士是不会灰心丧气的,她会一直战斗到最后一口气。从不放弃。

为了妈妈,为了需要她的儿女们,她必须回到战场,继续战斗。为了她曾经的辉煌,她必须战斗。她不能再躺在这张床上,任由这位小小的死神抓住她的胳膊,她不会让自己被活埋。不是今天。

她迅速地穿上衣服。从衣橱中抓了顶无边软帽遮住头发。这是孩子们落在这里的一顶帽子,上面还印着超人的图案。没关系,只要能保暖就行。

她穿戴好以后,走出了屋子。外面正在下雪。她穿上一件大衣,里面套着三件羊毛衫。这样的装扮让她显得十分娇小,活像一头被自己身上乱糟糟的毛压得直不起腰的苏格兰绵羊。

萨拉离开了家。就是今天,她打定了主意。

她很清楚自己要去哪儿。

朱 丽 娅

西西里，巴勒莫

意大利人只要意大利头发。

这句话说得斩钉截铁。在自家客厅里，朱丽娅刚刚跟母亲和姐妹说了她准备从印度进口头发以挽救工厂的计划。

这几天，朱丽娅一刻不停地制订着她的计划。她做了市场调研，准备好要交给银行的文件——肯定需要增加投资。她日夜不停地工作，都忘了睡觉。但是没关系，她觉得自己正投身于一项近乎神圣的工作。她不知道自己突然的信心和精力从何而来。是卡玛温柔的陪伴？还是父亲从昏迷的深渊中将自己的信念和力量赐予了她？无论如何，朱丽娅觉得自己已经准备好了,可以移开从亚平宁直到喜马拉雅的群山。

吸引她的倒不是丰厚的盈利,她对那个英国商人吹嘘的好几百万丝毫不感兴趣,她也不需要泳池和直升机。她唯一想要的就是挽救父亲的工厂,为自己的家人遮风避雨。

这不会成功的,妈妈说。兰弗雷迪家一直以来都在西西里进货,收集头发是这里一项古老的传统。她还肯定地说,谁也不可能动摇传统而不受惩罚。

传统会让他们破产,朱丽娅反驳道。账上已经没钱了:最多一个月,工厂就得关门。必须重新思考产业链,放眼国际。要接受世界在变,而且要与时俱进。国内那些拒绝改变的家族式企业正一家家地关门。现在必须看得长远,越过国境,这事关生死!要么改变,要么死亡,没有其他的选择。说着说着,朱丽娅觉得自己突然长出了一双翅膀,仿佛成了在偌大的法庭上打着一场重要官司的律师。这一行一直很吸引她——只有受过良好教育的上流人士才能当律师。兰弗雷迪一家都是工人,没有出过律师,她倒是很愿意打几场大官司,成为一个杰出的女强人。她有时也会这么想想,这个想法会成为她那些已经遗忘的模糊的梦想的一部分。

朱丽娅滔滔不绝地说着印度人的头发质量有多好,专家们也承认:亚洲人的头发最结实,非洲人的头发最脆弱,而从结构和上色度来说,印度人的头发最好。只要经过漂白和染色,它们就和欧洲人的头发别无二致。

弗朗切斯卡也加入了讨论,她同意母亲的观点,这件事绝不会成功。意大利人才不会要进口的头发。朱丽娅倒是一点也不吃惊。她这个姐姐从来都是一个怀疑论者,看什么都是黑灰色的,对什么都持反对意见。她属于那些总能发现景色中的缺陷、桌布上的瑕疵,总喜欢鸡蛋里面挑骨头的人,他们好像能从世界的不完美之处得到莫大的快感,似乎这就是他们人生的意义。她和朱丽娅完全相反,是她的消极面,用摄影学的术语来说,她们俩的亮度成反比。

就算是意大利人不要,也可以卖给其他的市场。

朱丽娅接着说,比如美国人、加拿大人。世界大得很,处处需要头发!补发、接发、假发现在是一个蓬勃发展的行业。要做弄潮儿,而不是被淹死。

作为大姐的弗朗切斯卡毫不吝惜她的怀疑和不信任,她直言不讳地问,她打算怎么做?像她这样一个从没出过意大利,甚至没有坐过飞机,视野停留在巴勒莫海湾的人,能有什么办法完成这件事,这个奇迹?

但是朱丽娅愿意相信自己的梦想。因特网已经抹去了距离,世界就像她小时候收到的那个发光地球仪一样尽在掌握之中。印度其实很近,一个次大陆就在他们家门口。她仔细地研究过价格,她了解头发的行情,她的计划不是不可实现的。只需要一点勇气和信念,而这两者,她都不缺。

阿黛拉还是一言不发地坐在角落里,看着两个姐姐争执不下——无论在什么场合,她都保持中立,对周边的一切漠不关心,简而言之:很青少年。

必须关闭工厂,然后把它卖掉。弗朗切斯卡接着说。这样还能还一部分房子的抵押。那我们以后吃什么？朱丽娅反驳道。她觉得找份工作很容易？她有没有想过那些女工怎么办？那些为他们工作了那么多年的女人们的未来会怎么样？

讨论升级成了冲突。妈妈知道她得出手分开两个女儿了，她们的争吵都要把房顶给掀了。这两个女儿从来不能互相理解，她痛苦地想，从不让步。她们俩一直都是这么吵吵闹闹的，这次算是到了顶点。她必须拿个主意，为两人分出胜负。

确实得想想女工们怎么办，她说，这事关荣誉和尊敬。但是弗朗切斯卡有一点说得很对：意大利人只要意大利头发。

这句话算是给朱丽娅的计划敲响了丧钟。

她沮丧地离开了家。她知道她必须为她的计划努力争取，但是远远没想到反对意见会这么大。现在，她觉得自己好像宿醉未醒，头晕目眩。没有母亲和姐妹的同意，她对工厂什么也做不了。她们一脚踩塌了她的空中楼阁。她的满腔热情瞬间退去,取而代之的是迷茫和害怕。

她要逃到医院里父亲的病床前。他会说什么?他会怎么做?她多想扑进他的怀里,像个孩子一样大哭一场。她的信念正在抛弃她。她不知道该怎么办了,是继续她的计划还是掩埋它,以渐渐死去的传统的名义将它焚毁于理性的神龛前?她感到自己被打败了,精疲力竭,几个晚上没睡的倦意猛地向她袭来,她本可以在爸爸身边安睡的。她多想像他一样睡个上百年。

朱丽娅闭上了眼睛。

她突然到了屋顶的实验室。她的父亲就在那儿,像往常一样,面朝大海地坐着。他看起来一点也不痛苦,十分平静和安详。他朝她笑了笑,好像一直在等她。朱丽娅坐到他身边,向他诉说了自己的苦恼、忧愁和无能为力。她还对他说,她对工厂表示抱歉。

别让任何人改变你的道路,他答道。要坚定信念。你有着远大的志向。我相信你的能力和力量。要坚持下去,你一定能干出一番大事业。

一阵刺耳的声音响起,朱丽娅被惊醒了。她刚才靠着父亲的病床睡着了。那些维持他生命的机器突然响了起来。护士们匆忙朝他的病床跑来。

这一刻,就在这一刻,朱丽娅感到父亲的手动了一下。

斯密塔

印度，安得拉邦，蒂鲁帕蒂神庙

蒂鲁马拉山迎来了晨曦。

斯密塔和拉丽塔再一次加入排在庙前的朝圣队伍。一个小孩跑过来，递给她们几个拉杜球，这是一种用浓缩牛奶和干果制作的圆形甜点。它的重量和原料都是固定的——食谱是神亲自传授的，小孩说。这些小球是由寺庙里的阿沙卡，那些子承父业的僧侣们制作并分给朝圣者的。吃拉杜球是净化仪式中不可或缺的一部分。斯密塔感激神明赐予的圣餐。几个小时的睡眠加上香甜的拉杜球，斯密塔觉得自己已经恢复活力，准备好做任何献祭了。她还没有告诉拉丽塔，里面等待她们的是什么。富有的人可以献上粮食、鲜花、首饰、金银和宝石，而穷苦的人能献给文卡特斯瓦拉神的只有他们唯一的财产:头发。

这是一个流传千年的传统:献出头发意味着弃绝自我,将自己最谦卑和原始的样子展现在神明面前。

进入神庙后,斯密塔和拉丽塔便走进一条装着栅栏的长廊,跟好几千个已经待在这里几天几夜的达利特一起排队——要等很久,最多得四十八小时。坐在入口的一个男人说。为了排得更快,有钱人可以买优先票。有些家庭为了不错过排队,一家人就睡在这里。在这个临时的笼子里等了不知道几个小时之后,她们终于到了卡里阿纳卡塔。这座四层高的大楼里,有几百个剃头师傅在工作。如同一个真正的蚁穴,日夜不停。这里的人都说,这是世界上最大的理发店。当斯密塔得知剃头的价格是每人十五卢比时,她不禁想,看来,没有什么是免费的。

在这一眼望不到头的大厅里,挤满了男人、抱着婴儿的女人、小孩和老人,他们一个个边让理发师给他们剃头,边向毗湿奴祈祷。看着这几百个排成一列的光头,拉丽塔害怕了。她一下子哭了起来。她那么喜欢自己的头发,不想捐出去。为了表示反抗,她紧紧地抱

着她的布娃娃,那团她一路都没离手的破布。斯密塔俯身向她轻声说道:

别怕。
神与我们同在。
你的头发会再长出来,比以前更漂亮。
不用担心,我先剃。

母亲温柔的声音使拉丽塔稍感安慰。她观察着那些刚刚剃了头的小孩,他们都笑着用手抚摸对方的头。他们好像一点也不难受。相反,他们看起来好像还挺喜欢这个新的造型。他们的母亲,同样头顶光秃秃的,正给他们涂檀香油,一种人们认为能防晒和抗感染的黄色液体。

轮到她们了。剃头匠示意斯密塔上前。她立即虔诚地照办了。她双膝跪地,合上双眼,开始低声念经。她在这间广阔的大厅中向毗湿奴念诵的是她的秘密。这是只属于她自己的一刻。这一刻,她不知想了多少天,多少年。

剃头匠做了个动作,换了刀片——神庙的长老对此要求甚严,一个朝圣者一个刀片。他们家世代都是剃头匠,子承父业。每天,他都要不断地重复同样的动作,以至于他连做梦都在剃头。有时,他甚至想象自己会溺毙在头发海洋中。他让斯密塔把头发编起来,这样剪起来更容易,也更容易收集。接着他往她的头上洒了点水,剃了起来。拉丽塔看向自己的母亲,眼神里充满忧虑,斯密塔却朝她笑了笑。毗湿奴正陪着她。他就在这里,就在她的身边。

他正在为她赐福。

当她的辫子落地时,斯密塔闭上了双眼。她的身边,还有千万个同样姿势的人在祈求更美好的生活。他们跪在卡里阿纳卡塔的地上,双手合十,献上生活赐予他们的唯一的东西——他们的头发,他们的装饰,这来自上天又归于上天的礼物。

当斯密塔睁开眼睛的时候,她的头已经像鸡蛋般光滑。她直起身子,感到一种前所未有的轻松。这是一种全新的体验,几乎让人陶醉。一阵战栗穿过她的全身。斯密塔看着脚边落下的头发,那黑得发亮的一堆仿佛是过去的自己,已成回忆。现在,她的身体和灵魂都是纯净的。她感到宁静,已获赐福,神明护体。

拉丽塔也走到了剃头匠的面前。她微微发抖。斯密塔握住了她的手。换刀片的时候,剃头匠用赞叹的目光看了看小姑娘及腰的长辫。那如丝般的长发又厚又密,非常漂亮。斯密塔直视女儿的眼睛,和她一起低声念起了她们在巴德拉普尔家中的神龛前背诵过无数次的经文。她想到目前的生活状况,觉得尽管她们现在很穷,但是说不定哪天拉丽塔会拥有一辆属于自己的车。这个念头让她开心地笑了起来,并给了她力量。因为她们今天在这里所做的献祭,她的女儿会拥有一个比自己好得多的人生。

走出卡里阿纳卡塔时,阳光照耀在她们身上。没有了头发,她们看起来比任何时候都要相像。她们也显得更加年轻,更加瘦小。她们双手紧握,面露笑容。能到达这里,奇迹就已经实现。斯密塔知道,毗湿奴一定会信守承诺。她的表亲正在金奈等着她们。明天,新的生活即将开始。

握着女儿的手,一步一步远离金色圣城,斯密塔并不忧伤。真的,她一点也不忧伤,因为她可以肯定一件事:神明一定会对她们的献祭表示感谢。

朱 丽 娅

西西里,巴勒莫

"当时,他们不知道这是不可能的,所以他们就做成了。"

朱丽娅还记得这句小时候读到的马克·吐温的名言,她立刻就喜欢上了。今天,在法尔科内-博尔塞利诺机场的停机坪上兴奋地等待着装有第一批头发的货机时,她又想起了这句话。

那天,爸爸没有醒过来。就在她靠在他的病床边做了那个让她终生难忘的梦后,他就过世了。离世之际,他握了握她的手,就像在和她道别,就像在和她说:去吧。他把接力棒交到了她的手上,然后就走了。朱丽娅明白这一点。在医生们尝试着救活他时,朱丽娅对他发誓,她一定会救回工厂。这是她和他之间的秘密。

她坚持要在他喜爱的那间教堂里举行葬礼。母亲坚决反对——那个地方太小了,她说,有些人会坐不下。皮耶罗那么受爱戴,有那么多朋友,还有他们从西西里岛各处奔丧而来的一大家子人,再加上他的那些女工们……没关系,朱丽娅说,爱他的人不介意站着。母亲最后让步了。

这段时间以来,她有点不认识自己这个女儿了。朱丽娅曾经那么听话,那么稳重,那么温顺,现在却变得异常顽固。她仿佛下了一个新的决心。在拯救工厂的战斗中,她拒绝让位。为了走出困境,她提议让女工们投票。别的地方已经有人这么做了,她说,就在其他一些遭受困境的工厂。而且,这件事和她们息息相关,她们的意见理应得到倾听。母亲被说服了,两个姐妹也表示同意。

为了避免年轻人受到年长之人的影响,投票以不记名的方式进行。女工们要做出选择,要么重新定位工厂,从印度进口头发;要么工厂关门,她们领一点微薄的遣散费走人。当然,选第一条路有一定的风险。朱丽娅并没有向她们隐瞒这些风险。

投票在工厂的主车间进行。妈妈、弗朗切斯卡和阿黛拉都在场。是朱丽娅唱的票。她用颤抖的手一张张地打开放在爸爸礼帽里的选票——这是她的主意,是对父亲最后的致敬。这样一来,今天他多少也和我们在一起。她说。

七比三,压倒性的胜利。朱丽娅在很长一段时间里都记得这一刻。她难掩喜悦。

通过卡玛,她与印度金奈的一个商人建立起联系。他大学读的是贸易,现在做着在印度各地和寺庙中收购头发的生意。他做生意非常强硬,可朱丽娅在谈判时也毫不示弱。亲爱的,大家肯定觉得你做了一辈子的生意!奶奶笑着说。

年仅二十岁,朱丽娅就成了工厂的老板。她现在是整个街区最年轻的女企业家。她搬进了父亲的办公室,经常凝视他挂在墙上的照片,旁边还有他的父辈的照片。她还不敢把自己的照片挂上去。不过那一天会来临的。

每当她难过的时候,她就跑去屋顶的实验室,面朝大海地坐着想父亲,想他会说什么,他会怎么做。她知道自己不是孤身一人。爸爸就在她的身边。

今天,卡玛也站在她身边。他坚持陪她去机场。这些日子以来,他们共享的不仅仅是午休时光。他对她表示无限的支持,对她的每个决定都积极响应。他很热情,极具创造力和勇气。他原本只是她的情人,现在则成了她的盟友和知己。

飞机终于出现了。看着它从空中的一个小点慢慢变大,朱丽娅觉得他们的整个未来就在那里,在这架货机凸起的货舱中。她牵起了卡玛的手。这一刻,她觉得他们不再是两个独立地走在未知的轨道上,漫步在蜿蜒的人生之路上的个体,而是牢牢拴在一起的一男一女。不管妈妈、家人和整个街区怎么说,朱丽娅想,无所谓。今天,站在这个彼此交心的男人身边,她觉得自己是个女人。她还不准备放开这只手。在未来的日子里,她会经常握着它,在街上,在公园里,怀孕的时候,睡觉的时候,开心的时候,哭泣的时候,将他们的孩子带到人世的时候。这只手,她还要牵好久好久。

飞机降落了,然后停稳。货物很快地被卸了下来,运往分拣中心,那儿有不少搬运工正在忙活着。

在仓库里,朱丽娅签了一张收据,表示她收到了货物。包裹就在她面前,不比一个行李箱大。她颤抖着,拿起一把裁纸刀划开了包裹的侧边。一些头发露了出来。她小心翼翼地拎出一条辫子,头发很长,乌黑发亮。肯定是女人的头发,丝般顺滑,又厚又密。旁边的一条稍短一些,但是柔软得像丝绸和天鹅绒,大概是儿童的头发。这些头发都是上个月从蒂鲁帕蒂神庙买来的,她的生意伙伴在信中详细写道,那里是世界上造访人数最多的朝圣之地,汇集着各种宗教,比麦加和梵蒂冈的人还多。这个细节给朱丽娅留下了深刻的印象。她不禁想到那些她不曾谋面,以后也不会碰面的男男女女,他们都跑到那儿去捐献自己的头发。这些供品是神明的礼物,她想。她很想将这些人拥入怀中以示感谢。他们可能一辈子都不会知道他们的头发去了哪儿,经历了一场多么不可思议的神奇旅行。但是它们的旅行才刚刚开始。将来的某一天,在世界的某个地方,会有一个人戴上这些她的女工们将要打散、清洗和处理后的头发。那个人很难想象这些头发曾做过怎样的抗争。他会戴上它们,也许还会将它们视为自己的骄傲,就像今天它们是朱丽娅的骄傲一样。一想到这里,她不禁面露微笑。

她握着卡玛的手,觉得终于找到了属于自己的位置。父亲的工厂保住了,他可以安息了。有一天,她的孩子们会延续这条谱系。她将传授给他们这项手艺,带着他们踏上她曾经和父亲一起骑在维斯帕上走过的路。

她偶尔还会做那个梦。梦中的朱丽娅不再是九岁,不再有父亲的那辆维斯帕,但是她知道未来已经做出了承诺。

从今往后,它将属于她。

萨 拉

加拿大,蒙特利尔

萨拉走在积雪的街头。二月伊始,寒气逼人,但她赞颂冬天:它给了她一个借口。多亏是冬天,不少行人和她一样戴着帽子御寒,使她显得不那么突兀。她碰到一群手拉着手的小学生,其中有个小姑娘和她戴着一顶一模一样的帽子,她递给她一个会意又开心的眼神。

萨拉接着赶路。在她大衣的口袋里揣着一张小卡片,这是几个星期前在医院碰到的一个女病友给她的。当时,她们俩坐在同一个诊疗室里接受治疗。很自然地,两人像坐在咖啡厅里的客人那样聊起天来。她们就这么聊了一个下午。话题也很快变得私密。病魔好像在她们之间牵起了无形的线,拉近了她们的距离。

萨拉在网上的博客和论坛里读了不少真人纪实,使她有时觉得自己似乎属于某个俱乐部,一群已经经历过这个的经验丰富的内行。里面有些老战士,他们被称作绝地武士,因为他们已经不是第一次参加战斗。新加入的则是绝地学徒,比如萨拉,他们什么都得学。那天在医院碰到的那个女病人无疑是个绝地武士,尽管她说得很委婉,但是肯定经历了不止一场战斗。她提到了这家"美发店",那儿的人既能干又谨慎。她给了萨拉一张他们的卡片,让她到时候再用。在治愈的斗争中,不能忽视自尊。她说。镜子里的倒影应该是你的同盟,而不是敌人。她最后深思熟虑地总结道。

萨拉收起了卡片,再也没想这件事。她本想尽量推迟使用它的那一天,但是现实毫不容情。

已经到了那个时候。萨拉穿过积雪的街头,走向那家美发店。她本可以打个车,但是她选择了步行。这就像一次朝觐,一段她必须用脚走的旅途,一场行走的仪式。走到那里有很多含义,这意味着她终于接受了自己得病的事实。不再否认和拒绝。她会直面病魔,正视它,不再将它看成被迫接受的惩罚、厄运和诅咒,而是一个事实,生活中的一个事件,一场需要面对的考验。

当萨拉走近美发店时,她突然有了一种奇怪的感觉。这不是似曾相识或某种预感,而是一种身体和精神上更深沉、更模糊的感觉,就像她曾经走过这条路一样。然而,这是萨拉第一次走进这个街区。她无法说出原因,但她觉得有什么在那里等她。她很久之前就在那里定下了约会。

她推开了门。一个优雅的女人礼貌地接待了她,带着她穿过走廊,走进一个只有一把椅子和一面镜子的小房间。萨拉脱下自己的大衣,放下了包。等了一会儿,她才摘下帽子。那个女人观察了她片刻,什么也没说。

我去给您拿一些样品来。您想要什么样的?

她的语调既不奉承也不怜悯,非常中肯,没有过多的修饰。萨拉立刻就对她产生了信任。这个女人一定知道自己在说什么。她应该已经遇到过几十个甚至上百个像她一样的女人。她应该整天都在和她们打交道。但是这一刻,萨拉觉得自己是独一无二的,至少她让她这么觉得。既不夸张又不漠视,这可是门艺术,而这个女人显然是个中高手。

面对这个问题,萨拉有些尴尬。她不知道,她也没想过。她想要……自然一些的,逼真一些的,像她自己的头发那样的。这想法有点蠢,她想,完全陌生的头发怎么可能适合自己,跟自己的面孔和性格那么搭呢?

那女人消失了一会儿,回来的时候手上拿着一些像是装帽子的盒子。她首先拿出一顶红褐色的假发——是合成的材料,她说,日本制造。她把假发倒过来,使劲摇了摇。在盒子里,有时候它会变形,需要让它恢复原形。她说。萨拉试了一下,不是很合适。她有些认不出这堆厚厚的头发下的自己。这团毛发下的人不像自己,倒像是在乔装。性价比很高,女人评价道,但不是我们这里最好的产品。她从第二个盒子里拿出另一顶假发,也是人造的,但质量很好,而且"非常舒适"。萨拉不知道该说些什么,她盯着镜子中的倒影出神,这一看就不是她。这顶假发倒是不错,她没什么好挑剔的,除了是她在戴假发。这个也绝对不行,还不如戴头巾或帽子呢。女人于是拿起了第三个盒子。这是最后一件样品,真发。她说。这种货非常少而且极其昂贵,但是有些女人却愿意花大钱。萨拉吃惊地看着这顶假发,它很长,丝般顺滑,非常柔软厚实,颜色也和她自己的头发一样。印度头发,那女人说。它们是在意大利的西西里岛上的一家小工厂里处理、褪色、染色,然后一根根固定在绢网上的。她接着说。用的是编织工艺,花的时间更长,但是比用针钩的更结实。做一顶这样的假发需要八十个工时,十五万根头发。非常难得。用行话来说,这是一件精美的作品。女人自豪地说。

她帮萨拉戴上假发,应该总是从前往后戴。一开始会比较难,不过很快就会习惯的。她说。习惯了以后,她都不需要照镜子。她还可以到理发店去将它剪成自己想要的样子。打理起来也很简单,用洗发液和清水就行,就像自己的头发。萨拉抬起了头,看着镜子里的自己:一个全新的女人站在她面前,一个和她很像却又不同的女人。这是一种很奇特的感觉。她还是能看出自己的容貌,苍白的皮肤,带着黑眼圈的眼睛。没错,还是她自己。她摸了摸头发,拢了拢,做了几个造型,试着驯服而不是占有它们。这些头发倒是丝毫没有反抗,它们柔顺而慷慨地任她摆弄。它们慢慢地与她椭圆的脸形结合,放弃了自己原本的样子。萨拉捋着、摸着、梳着它们,它们是那样地配合,让她生出几分感激之情。不知不觉中,这些陌生的头发变成了她的,与她的身形外貌完美契合。

萨拉看着镜子里的倒影,觉得自己失去的东西都被这顶假发找回了。她的力量、自尊、意志力,所有让她成为那个强大而骄傲的萨拉的东西都回来了。还有她的美貌。突然,她觉得自己准备好了。她转向那个女人,让她给她剃头。她想立刻在这里剃头。从今天开始,她将戴上这顶假发。就这么回家,她也不会感到羞愧。而且,没有头发,她可以更好地将假发戴在头上,这样更容易。无论如何,她迟早都要这么做的,还不如趁她现在充满力量的时候做。

那女人同意了。她拿着一把剃刀,专业又温柔地完成了任务。

当萨拉睁开眼的时候,她呆了一会儿。刚剃的头看起来比以往要小,像是她女儿一岁还没长头发时的样子——一个婴儿,对,她看起来像一个婴儿。她试着想象她的孩子们看到她这个样子的反应,他们一定会大吃一惊。有一天她或许会给他们看的。再过一段时间。

或者不。

她按照那个女人的动作,把假发戴在光滑的头顶上,然后开始打理那些已经变成自己头发的假发。看着镜子里的自己,萨拉突然确信她能活下去。她会看着自己的孩子们长大。她会看着他们长成青少年,成人,为人父母。更重要的是,她想了解他们的兴趣、天赋、爱情和才干。成为那个陪伴他们一生,温柔和善、关怀备至的母亲。

她会赢得这场战斗,也许伤痕累累,但是依旧站立。无论需要几个月,或者几年的治疗,无论需要多久,从今以后,她将用尽全力,每分每秒,全心全意地与病魔做斗争。

她不再是萨拉·柯恩,那个她曾经那么欣赏的强势的女人。她不再是不可战胜的超级英雄。她将成为她自己,萨拉,一个尽管被生活粗暴对待却敢于带着伤疤、缺陷和伤口,坚强地活着的女人。她不再尝试将这些掩埋。她之前的生活就是一个谎言,而从今以后它将变得真实。

一旦疾病给她喘息的机会,她会带着那几位依旧信任她,愿意追随她的客户,开一家属于自己的事务所。她还会起诉约翰逊 & 洛克伍德。她是一个好律师,可以说是市里最好的律师之一。她将把自己遭受歧视的事情公之于众,为了成千上万像她一样被劳动市场迅速抛弃,遭受双重打击的男男女女。为了他们,她要战斗。这是她最擅长的事情。这将是她的斗争。

她要换一种活法,好好地陪孩子们,休假去参加年终的表演和义卖。她不会再错过他们任何一个生日。她也会带他们去度假,夏天去佛罗里达,冬天去滑雪。没人能从她手上拿去这些属于他们,同时也是她的时间。不再有墙,不再说谎。她不再是那个被截为两段的女人。

在那之前,必须和这个橘子斗争。靠着上天赐予她的勇气、力量、决心和智慧;她的家庭、儿女、朋友;还有那些一直陪伴着她,为她斗争的医生、护士、肿瘤医生、放射科医生和药剂师。她觉得自己正在开启一部新的法老史诗,她周身充满了无穷的力量。她感到一股热流贯穿全身,一种新的骚动,一只从未见过的蝴蝶正轻轻地在她的肚子里挥动着翅膀。

外面,有世界,有生活,还有她的孩子们。她今天要去学校接他们。她可以想见他们的惊讶——因为她从来没有,或者说很少去接过他们。汉娜大概会很激动,而双胞胎会朝她扑来。他们会发现她的新头发和新发型。而萨拉会跟他们解释。她会给他们讲那个橘子,她的工作,还有他们要一起面对的战斗。

离开美发店,萨拉不禁想到那个给了她头发,生活在世界另一端的印度女人,还有西西里岛上那些耐心地打散和处理头发的女工们,以及将它们编织起来的那个女人。她想,为了使她痊愈,整个世界同心协力地在努力。她想起了《塔木德》①里的一句话:"凡救一

---

① 《塔木德》,成书于2世纪末至6世纪初,是犹太教口传律法的汇编。

个人,即救全世界。"而今天,全世界救了她,萨拉想向整个世界致谢。

她对自己说,今天她还活着,对,活得好好的。

她还会活很久。

一想到这里,她不禁笑了起来。

尾 声

　　我的作品完成了。
　　假发在这里,在我的面前。
　　占据我的感觉独一无二。
　　无人为证。
　　这是属于我的快乐。
　　任务完成的喜悦,
　　对优秀作品的骄傲。
就像一个面对自己画作的小孩,我笑着。

　　我想着那些头发。
　　它们的来源,
　　它们走过的路,
　　还有那些正在路上的头发,
　　它们的道路仍然漫长,我知道。
　　它们会见到更多人,
　　那些关在工作室里的

我见不到的。
没关系,它们的旅行也是我的。

我将我的成果献给这些女人们,
这些被她们的头发联系在一起的女人们。
如同一张灵魂之网。
献给那些爱着的、分娩着的、期冀着的,
几千次摔倒后又爬起来的,
那些弯下腰却不曾被打败的女人们。
我了解她们的斗争,
我分享着她们的泪水和喜悦。
在她们每个人的身上我都看到一部分自己。

我不过是一个连接点,
一个微不足道的连字符,
用以连接
她们的生活,
一根将她们联系在一起的纤细的线。
细如发丝,
肉眼难见。

明天,我将投入新的工作。

其他的故事在等着我。

其他的生活。

其他的篇章。

致 谢

感谢朱丽叶·若斯特的热情和信任。

感谢我的丈夫乌迪对我坚定不移的支持。

感谢我的母亲,从童年时代起,她就是我的第一位读者。

感谢萨拉·卡明斯基在这本书的每个创作阶段都陪伴在我身边。

感谢雨果·鲍里斯无比宝贵的帮助。

感谢来自巴黎卡皮拉里亚假发工厂的弗朗索瓦丝向我敞开大门,并认真解释她的职业。

感谢妮科尔·热克斯和贝特朗·沙莱中肯的建议。

感谢法国国立视听研究院的文献资料工作者帮助我进行调研。

最后,我要感谢我的法语老师们,让我从童年时代起就爱上了写作。

译 后 记

三个大陆、三个女人、三段故事,围绕一条辫子展开。

小说伊始,三位女主人公似乎毫无交集。她们不仅身处三个大洲(斯密塔在亚洲,朱丽娅在欧洲,萨拉在美洲),而且身份地位也毫无相似之处(一个处在社会底层的清扫工、一个平凡的编辫子女工和一个声名显赫的律师),三个故事也分为九个章节平行展开,作者仿佛在讲述三个独立的故事。随着情节的展开,三者内部的共同之处才慢慢显现。作者手中的这三股头发,逐渐被编成一条相互交织的发辫。连接三者的,不是情节上的关联,而是这条似在意料之外、实在意料之中,极具女性特质、象征自由的辫子。这条乌黑发亮、坚韧无比、渴望自由的辫子,突破种姓的障碍,越过印度的圣山,来到意大利保守的小岛,打破传统的制约,最终飞往加拿大,戴在标志着向男权社会发起挑战的女性的光头上。这是一条辫子的蜕变之旅,也是一首向阶级、传统、男权挑战的自由之歌。

何谓自由?

对于身为清扫工的斯密塔,自由就是打碎种姓制度的桎梏,让自己和女儿过上体面的生活。对于平凡的编发女工朱丽娅,自由就是既能保卫家庭,又要打破家庭传统、社会偏见,让自己的商业计划得以实现,与不受主流社会待见的爱人相守。对于社会精英萨拉,自由就是从虚假的完美外衣下获得解放,承认真实的、不完美的自己。

何以获得自由?

斯密塔用行动阐释了何谓"生命诚可贵,爱情价更高,若为自由故,二者皆可抛"。为了自由,她抛弃了相濡以沫、善良却懦弱的丈夫,赌上性命为自己和女儿争得了一个更好的生活的可能性。朱丽娅的自由则源于父亲离世后,自己与原生家庭和社会传统之间所进行的斗争。而萨拉则是以健康为代价,才得以剥下自己身上完美的画皮,鲜血淋漓地面对真实的自己。三个不同的故事,统一于自由这一主题,三位主人公也最终三位一体。

现实中的我们大多不会有书中主人公那般戏剧性的境遇,然而,三位主人公的故事或多或少都会引起大家的共鸣,也会让人对其肃然起敬。追求自由从来不易,敢于在逆境中抗争、追求自由的必是勇士。毕竟,只有真的勇士,才敢于直面惨淡的人生,敢于正视淋漓的鲜血。而书中主人公浪漫和温馨的结局,无疑也会激励我们向着自由之路前行。

阅读此书,读者可以随着某个角色的脚步,一气读完一个主人公的故事,再去读其他两人的,也可以顺着章节,探寻三个女主人公的命运如何缠绕在一起。两种不同的阅读方式会给大家带来非常不同的阅读体验。不过,无论选择哪种阅读方式,读到最后一页时,相信大家都会和我一样,为勇于追求自由的三位女主人公的未来,露出由衷的微笑。

在此,我要感谢南京大学法语系黄荭教授的推荐和指导,没有她,这本书应该不会与我相遇。也很感谢编辑刘彦对全文的整理、审阅和修改,还要感谢人民文学出版社所有为本书付出辛勤劳动的工作人员,没有他们,这个译本不会这么快就能和大家见面。翻译于我有着一种不可言说的魅力,看着书稿的成型,我在感到一种无以复加的喜悦的同时也深感译事不易。希大方之家不吝指正。

译　者
2018年6月于广州白云山下